LE VOYAGE DU FILS

Romancier et essayiste, diplomate spécialisé dans les relations culturelles internationales, Olivier Poivre d'Arvor a publié une quinzaine d'ouvrages (seul ou en collaboration avec son frère Patrick), dont *Le Club des momies* (Grasset, 1996) et *Alexandrie Bazar*.

Paru dans Le Livre de Poche
en collaboration avec Patrick Poivre d'Arvor :

COURRIERS DE NUIT

LA FIN DU MONDE

FRÈRES ET SŒUR

J'AI TANT RÊVÉ DE TOI

PIRATES & CORSAIRES

RÊVEURS DES MERS

OLIVIER POIVRE D'ARVOR

Le Voyage du fils

ROMAN

GRASSET

© Éditions Grasset & Fasquelle, 2008.
ISBN : 978-2-253-12907-3 – 1re publication LGF

Un roman pour Éric.

Écrire, c'est aussi ne pas parler.
C'est se taire, c'est hurler sans bruit.

Marguerite Duras. *Écrire*

Traînées de sang, veines fleuries
Larmes de la Déesse du Xiang
Douleur que mille ans point n'effacent :
Regret divin, sommeil des hommes.

Du Mu. *Oreiller en bambou tacheté*

Il marchait. Il marchait sans fin à la découverte de Paris. Cinq jours durant, il arpenta le bitume de la grande ville, jusqu'à en oublier le sommeil. Il remua de sombres pensées et chemina longuement en rêve. Il fit une rencontre, on ne peut plus accidentelle, sur les berges de la Seine et son corps s'en souvient encore.

Au troisième jour, il se retrouva, lui le pauvre Chinois, encombré d'une cage et d'un oiseau de feu. Et le lendemain d'une urne de jade avec les cendres de sa mère. Il était jeune, totalement imberbe, très grand, d'une beauté singulière, le visage empreint d'une tristesse infinie.

Le hasard de la vie me fit croiser ses pas, un soir d'automne, aux lisières de Belleville et Ménilmontant. Il semblait si égaré et si abandonné de tous, même des dieux de ses ancêtres mandchous, que j'eus envie de le prendre dans mes bras. Mais je ne savais quoi lui dire. Je ne parlais pas chinois.

C'est pourquoi je me suis résolu à écrire ce livre. Pour lui dire merci. Pour leur donner la parole, à

11

lui et à cette femme française que j'ai retrouvée grâce à cette histoire. Pour sa mère, évidemment, Li Mei. Parce que depuis notre rencontre, depuis cette semaine passée ensemble et ce qui a suivi, là-bas, chez lui en Chine, je ne suis pas tout à fait le même. Je suis devenu utile à quelqu'un.

Thomas Schwartz.

1

Je voudrais traverser mais pas de pont sur le fleuve

Entends-tu, Li Mei, entends-tu mon pas cadencé dans la ville lumière ? Tu m'as si souvent dit : une mère ne ment jamais ! Toi qui rêvais d'une belle et grande famille, je suis pourtant ton unique enfant, ton seul et bon petit soldat. Car j'ai servi dans l'armée, en t'attendant, l'armée rouge sang, populaire et de libération, j'ai appris à marcher dans le rang. Et je marche désormais comme un fou, maman, tout droit, pour toi, maintenant, si loin du pays natal, je marche au pas.

Je viens d'arriver ce matin, quelque part, au grand ouest de chez nous, en France, en ce beau pays qu'on dit patrie des droits de l'homme.

« Une mère ne ment jamais », disais-tu souvent en me parlant ou en m'écrivant le miracle de cette ville, de ta vie, ici, si belle. D'un pied sur l'autre, d'une rime à l'autre, en appuyant franchement, j'écris cette phrase sur le pavé glacé de Paris. Entends-moi, maman Li Mei, là où tu te trouves ! J'ai froid, mais qu'importe le froid. J'ai faim, mais qu'importe la faim. J'ai mal, mais qu'importe le mal. J'ai soif, mais que m'importe de boire. Mon poème est bancal, mais voilà qu'il résonne. Il sonne comme claque ma chaussure sur le quai, ma semelle sous le pont Alexandre III. Coule la Seine, voie sur berge, et gare à l'inondation qui guette ! J'évite les flaques. Je suis l'homme qui marche sur l'eau ferme et tranquille de ses mots. Je marche, je flotte, sur le talon, sur la plante, orteils largement déployés à la recherche des merveilles de Li Mei. Car j'ai foi en elle, en ce qu'elle m'a dit de la ville. Des lumières, des avenues, des magasins, des oiselleries et de la grande tour qui brille toute la nuit. De Paris, qui l'avait accueillie et de sa vie là-bas, de sa vie sans moi. Elle nous a souvent parlé au téléphone, à nous, mon père et moi, qui étions restés incrédules et chinois, et lointains, et pauvres et sans emploi. Sa voix dans l'appareil résonnait en nous, un mois durant, le temps qu'elle appelle de nouveau. Nous rêvions de Paris, nous rêvions d'y retrouver maman. Un jour, par chance, j'ai reçu le livre, le fameux livre, qui m'a guidé si bien, à distance, dans la ville.

Paris illustré, version traduite en mandarin, pour les touristes de passage. Un cadeau qui a mis plus de deux mois à m'arriver par la poste. Li Mei ne m'avait pas menti! Ce que dit ta mère est parole de pierre, rapporte le vieux sage de mon enfance. Gravé profondément comme la trace du pied de l'Immortel P'ong-tsou sur le mont Tao-ying. Car moi, Fan Wen Dong, fils de feu Li Mei et de Fan Peng, du haut de mes bientôt vingt ans, je crois aux vérités des anciens. L'âge est un Grand Professeur.

A peine arrivé à Paris, j'ai longé le large fleuve, j'ai contourné la boucle, passé les ponts et suivi son cours. J'ai appris la géographie à l'école et un peu de la littérature du monde. Li Mei disait vrai. La France est un petit pays, mais Paris est d'une grande beauté. Mon chemin m'a conduit au pied des monuments. Tant d'images du fameux guide en chinois, vivantes, enfin offertes à moi! Les Français ont le génie de la pierre. J'ai vu leurs temples, leurs dômes, leurs académies, leurs palais et leurs hôtels. Et comme Bouddha, à peine né, qui avait mesuré l'univers en faisant sept pas dans chacune des directions de l'espace, j'étends mon chemin en marchant.

Je cherche les traces de maman. Pas à pas. Elle me guide, je redeviens l'enfant. Je suis l'inlassable chercheur. Car les mères donnent naissance aux fils en marchant dans les empreintes du Souverain d'en haut. Mais les mères viennent à mourir, cependant. Un jour, c'est ainsi. Et les sages disent que les fils ne retrouvent pas les mères au-delà de la Porte du Soleil.

Il fait nuit, Porte du Soleil. De Paris, je veux le cœur, pas le périphérique, ni les boulevards extérieurs.

Je marche pour maman.

2

Seul en région étrangère,
je suis un inconnu

C'est ma longue marche à moi.

Nous avons l'habitude en Chine des marches forcées, des marches entraînantes. La vie, sinon l'école, nous enseigne la vertu des actes gratuits pour faire bouger le monde. Quand l'homme veut se manifester, il se dresse, il marche droit devant chars, barricades et fusils, il marche contre le vent, ploie mais ne rompt jamais. C'est un bambou, cet homme-là. Nous en tirons grande fierté, nous les Chinois, le milliard et demi de Chinois. Nous avons des terrains d'entraînement pour cela, de grandes places et des camps pour les récalcitrants. A l'armée, après l'école, deux années entières, j'ai appris à marcher des heures et des heures, sur des routes, pour rien, parce que ça ne coûte rien à personne, si ce n'est le prix des semelles et celui de l'asphalte, et encore c'est l'Etat qui paye. Marcher occupe, évite de trop s'attarder, sculpte les mollets. L'hiver, dans le Liaoning, ça réchauffe quand il fait moins dix, moins quinze, moins vingt, qu'on a les pieds dans la neige, les talons dans la croûte de glace. L'été, c'est plus fatigant, tant il fait lourd, tant les jambes sont pesantes. Mais là, aujourd'hui, dans l'air mouillé de Paris, c'est différent, je marche pour une bonne raison.

Je suis venu pour elle, pour maman, pour Li Mei.

J'ai pris l'avion, de Pékin, où j'avais passé quatre jours à attendre un passeport, puis un visa. A l'Ambassade de France, un jeune consul m'a dit que tout irait bien, que Paris me plairait et qu'avec l'argent que m'avaient donné les correspondants locaux de la presse française, les vingt billets tout neufs, un peu craquants, ceux de cinquante euros, la monnaie forte, je serais chanceux dans mon malheur, je ne mourrais pas de faim ; on m'attendrait de toute manière à l'aéroport, à Paris je serais logé, choyé. Y aimait-on au moins les étrangers ? Oui, oui, disait l'employé du consulat, on aimait beaucoup les réguliers, et grâce à Dieu, je ne serais pas sans papiers. J'ai longtemps regardé le passeport, ce

18

qui était écrit dessus, dedans, ma photographie, un cliché qui datait de l'armée, c'était avant le chômage, les cheveux très courts, le regard légèrement vide. Et le front barré, comme d'habitude, par une sinusite. J'avais dû boire un peu trop. Ça m'arrive. Pour me réchauffer. Pour oublier le départ de maman. Grâce à la couverture du document, j'ai appris comment on nommait, en anglais, notre république populaire. Pendant tout le voyage, j'avais eu peur de le perdre, ce passeport, qu'on me le vole ou qu'on me le retire plutôt, je n'ai pas desserré ma main, si fort et si bien qu'avec la transpiration, les cinq étoiles d'or ont laissé une légère empreinte sur ma peau rougie. Li Mei ne croyait pas si bien dire quand elle me promettait de m'inviter, un jour, à Paris, dans sa nouvelle vie ; elle ne pensait pas que cela irait si vite, que j'aurais enfin mon premier passeport, grâce à elle, que j'irais pour la première fois à Shenyang, pour la première fois également à Pékin.

Avant de partir pour Paris, je n'ai même pas eu le temps de rendre visite à mon père. Pour être franc, je n'en avais pas vraiment envie. C'est long et compliqué d'aller le voir dans son camp retranché. Il faut prévenir, une semaine à l'avance, attendre qu'on nous dise oui, risquer le refus, et l'humiliation en prime, savoir que ce sera la visite du mois et pas une autre, changer trois fois de bus, puis marcher, en cette saison, un bon moment dans la neige. Tout cela pour lui parler derrière une grille pendant dix minutes, au très grand maximum. Lui parler sans avoir rien à lui dire. Rien de nouveau, d'ailleurs. Mon père, Fan Peng, est depuis deux ans dans un *laojiao*. Il commence à devenir fou, lui qui n'était au départ qu'alcoolique et égocentrique. Il se prend désormais pour un héros. Placé par la Sécurité publique dans ce camp de rééducation par le travail, il partage sa cellule avec un drogué et un jeune prostitué. Temps de séjour ? Indéterminé. On lui reproche d'être un adepte du Falungong et disciple de Li Hongzhi, son fondateur : papa est en effet un pratiquant assidu des postures gymniques et méditatives du *qi jong*. Sa manière à lui de protester en silence, de surmonter le chômage et l'angoisse liée au départ de maman.

Je n'étais encore jamais allé à Shenyang, la capitale de notre province, qui fut, un moment celle du pays, du temps de la dynastie des Qing. C'est à une heure et demie, par autobus, de notre ville. En attendant le train de nuit pour Pékin, j'ai un peu traîné autour de l'ancien palais royal et des tombeaux, dont celui du fondateur de la dynastie. Tous ces vestiges témoignent d'une évidente gloire perdue : j'ai pensé à tout ce qui meurt, finit par mourir, aux empires évanouis, au dernier empereur mandchou, et à maman, à Li Mei la Parisienne.

Toute ma courte vie, je l'ai vécue de l'autre côté des Grandes Murailles. J'ai donc découvert Pékin comme bien des Chinois, tardivement, avec autant d'impatience que d'appréhension. A Pékin, je n'ai eu ni le temps ni le cœur de voir grand-chose. J'avais souvent admiré à la télévision la place Tian'anmen, lors des grands défilés auxquels nos dirigeants tiennent tant, mais je ne l'imaginais pas aussi majestueuse, aussi glaciale. Dans l'avion, j'ai gardé à l'esprit la belle inscription en caractères d'or gravée sur le côté de la porte et qui dit crânement « Vive l'amitié entre les peuples du monde ». Un peu plus loin, sur la place, j'ai reconnu le grand monument aux Héros du peuple, avec la calligraphie en pierre de granit qui nous assure que « Les héros sont immortels ». La phrase favorite de Mao Zedong, ce fieffé menteur. Car enfin, maman n'est plus tandis que le Grand Timonier nous a promis l'éternité. Alors, devant tant de filouteries et de tromperies, j'ai allumé une cigarette. J'ai avalé la fumée à pleins poumons. J'ai emprunté la grande avenue Chang'an jie, qui fait plus de trente kilomètres du début à la fin, et j'ai marché, tirant sur ma cigarette. Longtemps, j'ai marché et j'ai beaucoup fumé en signe de protestation. J'ai bu, aussi, de l'eau-de-vie de riz, du *baijiu*, dans une petite bouteille d'Erguotou, que j'avais emportée avec moi.

Dans l'avion pour Paris, de la main qui ne tenait pas le passeport, j'ai tourné les pages de *l'Histoire des Trois Royaumes*. Depuis que j'ai appris la nouvelle de la mort de maman, je lis, chaque jour, un peu de ce gros roman qui date d'il y a quelques siècles. Après la rébellion des Turbans jaunes, la Force de Subjugation et la venue du Messager du Chaos, j'en étais resté au récit des incessantes batailles et à l'ascension de Cao Cao. Ces récits passionnants ont, comme par magie, aboli le temps. Quand le pilote a annoncé que nous allions atterrir à Roissy-Charles-de-Gaulle, je n'avais pas l'impression d'avoir fait un si long voyage. J'arrivais, étourdi, dans le pays d'exil de ma mère. C'était la première fois que je buvais du champagne, je veux dire, du vrai champagne de France, et de l'authentique cognac, pas de l'alcool de riz ou du sorgo, et du coup, j'en ai oublié mes migraines.

À l'aéroport, j'ai été ébloui. Il y avait là une femme, Liu Ping, une Chinoise, très autoritaire mais souriante, qui parlait avec un épouvantable accent du Sud. Une Wenzhou assurément. Une fille assez grande, trente, trente-cinq ans, jolie sans plus, cheveux longs, visage fin, habillée à l'occidentale, avec une combinaison en cuir. Elle travaille pour l'Association d'alphabétisation des Chinois de Paris. J'avais un peu de mal à la comprendre au début, elle m'a donné un petit mot, signé d'un certain Thomas Schwartz, dont j'avais entendu parler à Pékin, c'est lui qui s'était occupé de tout, de ma venue, de mon billet, de mon séjour en France. Mon bienfaiteur en quelque sorte. Un homme assurément extraordinaire. Un écrivain. C'était lui, pour le compte de l'association dont il est le président, qui avait, dès le début, alerté tout le monde. Sacrés Français ! Sans Thomas Schwartz, je crois bien que notre affaire serait passée aux oubliettes et qu'on en aurait à peine parlé. Je lui devais tout. Aussi étais-je déçu de ne pas le retrouver tout de suite à la descente de l'avion. J'avais tant à lui dire, à le remercier de ses nombreux bienfaits ; j'avais même emporté avec moi une très bonne bouteille de *Neigong kiu* que je comptais lui offrir. Mais il s'excusait de ne pas être là pour m'accueillir car, disait-il dans sa missive, traduite par Liu Ping, il était à Toulouse pour la journée. Ses livres ne le faisaient pas vivre, il donnait donc des cours à l'université, tous les lundis : il m'assurait de ses bons sentiments et me confirmait le rendez-vous de demain matin pour aller voir maman.

Si j'ai été ébloui, c'est parce qu'une fois la douane passée, de l'autre côté, en France enfin, j'étais devenu un héros, moi l'inconnu du Liaoning, par la simple magie du transport aérien et du franchissement de la frontière. Il y avait un tel assaut de bruits et de lumières, des caméras et des projecteurs très violents, en grand nombre, qui se sont braqués sur mon visage, et des gens qui se sont jetés sur moi, par couples très souvent, un qui me posait des questions, en français j'imagine, l'autre qui me traduisait en mandarin, des questions comme des sommations. Il y avait aussi une banderole en chinois, un drap blanc avec deux bâtons portés par des compatriotes, qui me souhaitaient la bienvenue tout en clamant que le gouvernement français commettait des crimes contre l'humanité. Et puis tout à côté, un Européen ne cessait de répéter dans un porte-voix, et avec colère, un propos qui me restait incompréhensible. J'ai pris peur, tout ce bruit, cette animation, je me suis méfié, je me suis toujours méfié de la politique, il vaut mieux quand on est chinois, je ne fais confiance à personne, qu'à mes petits animaux domestiques, mon chiot, mes poissons, mes chats, j'ai bien veillé dans mes réponses à n'attaquer personne, je me suis dit que, si près de la frontière, à peine la douane franchie, dans mon dos, à peine mon visa tamponné, ce n'était pas forcément très prudent de critiquer ouvertement le gouvernement, le *faguao*, ce grand pays de la loi, alors j'ai caché mon passeport dans la poche extérieure droite de ma veste, là où je tiens mon paquet de cigarettes, j'ai serré très fort, je me suis dit qu'en France on pouvait peut-être se comporter comme cela, mais qu'en Chine, la police se serait déjà interposée. Pourtant, hélas, même si c'était plus libre ici, ce qui était arrivé était arrivé et personne ne me rendrait Li Mei, tout juste sa dépouille et ses effets. Alors j'ai répété à haute et intelligible voix ce que j'avais vu la veille sur la grande place : « Vive l'amitié entre les peuples du monde. » Je l'ai fait d'un ton mystérieux, inspiré, comme si derrière la phrase, il y avait une vérité profonde. Les journalistes, avides de bons mots, paraissaient tout de même déçus par ma réplique.

A force de regarder les projecteurs droit dans les yeux, et d'avoir le sentiment d'être le centre du monde – moi qui en Chine ne suis rien, sinon un vermisseau que même son voisin, un vieux retraité des aciéries de Fushun, ne salue plus parce que depuis le départ de maman et l'arrestation de papa, on ne m'adresse plus la parole –, un moment, j'ai fermé les yeux, j'ai fait un effort, très grand, dans le noir de la concentration, pour retrouver le dessin du visage de Li Mei, son sourire, sa bouche, ses yeux, tout ce qui la faisait briller, et je me suis dit que la semaine allait être rude. Que je ne dormirais pas ou peu et qu'il fallait que je prenne des forces pour tenir. Les flashes me donnaient mal à la tête, la migraine était revenue avec le tabac. La jeune accompagnatrice chinoise a claqué dans ses mains, comme pour éloigner des animaux trop voraces, s'est adressée à l'assemblée, a fait éteindre les projecteurs en répétant que cela suffisait, que tout avait été dit ou presque, que j'étais probablement fatigué, que, de toute manière, il y aurait une conférence de presse demain ou après-demain et que j'aurais, alors, beaucoup à raconter. Qu'elle ne savait pas si je serais reçu par une autorité, au ministère des Affaires étrangères ou ailleurs, que la demande avait été faite par l'association, y compris auprès de la Présidence de la République et du Premier ministre, mais que le maire de Paris, lui, voulait bien m'accueillir à l'Hôtel de Ville et prendre en charge les frais de la cérémonie. J'étais content que toute cette agitation retombe, qu'on ne me parle plus de leur nouveau président, de son idylle supposée avec Gong Li, mon actrice préférée, née entre parenthèses un 31 décembre, dans ma province, le Liaoning, à Shenyang, preuve que c'est fréquentable. Heureux qu'on ne me parle plus de leur nouveau gouvernement, de leurs nouvelles lois, de leur vieille identité nationale et des immigrés toujours plus nombreux, plus démunis que jamais, qu'on ne m'assomme plus avec les sans-papiers, car je savais bien que maman n'aurait pas aimé que je m'exprime ainsi, sans savoir, sans comprendre, à peine arrivé, ni que je porte des jugements sur les Français.

Alors nous sommes partis avec Liu Ping. Tous les journalistes se sont mis à m'applaudir, les mains au-dessus de leurs têtes, j'ai trouvé cette coutume étrange, un peu grandiloquente, car enfin je n'étais tout de même pas un dignitaire, ni un grand joueur de football ou un médaillé des Jeux olympiques, ni même le petit frère de Gong Li, tout juste un étranger qu'on accueille. Une femme, rousse, qui sentait très fort le parfum et la poudre n'a pas hésité à me poursuivre, m'a embrassé, m'a pris dans ses bras et m'a donné sa carte de visite et son numéro de téléphone portable, au cas où j'aurais besoin d'aide, disait-elle à l'interprète, je n'avais qu'à l'appeler, tous les Français n'étaient pas comme leur gouvernement, on aimait ici la Chine depuis toujours, et Gao Xinjiang, Wong Kar-wei et Maggie Cheung et le cinéma, et les lions de soie rouge pour le Nouvel An chinois dans le treizième arrondissement et les restaurants de Chinatown, j'allais adorer, tout comme les Champs-Élysées et le fameux mur des Fédérés. La journaliste me présentait ses condoléances, en même temps que ses excuses : hier, disait-elle, en France, c'était la Toussaint, une fête catholique, le jour de tous les saints, et aujourd'hui celui des morts. Elle avait mis, sur le rebord de sa fenêtre, une lanterne avec une bougie à l'intérieur à l'intention de ma mère. Je lui ai dit de faire attention, les fenêtres, c'est mortel, ce n'est ni l'endroit à recommander en la malheureuse circonstance qui me conduisait à Paris ni même une bonne méthode pour prier maman. Liu Ping m'a arraché à elle, a dit à la cantonade que ça suffisait la politique, il fallait comprendre ce que j'éprouvais, nous étions pressés comme ils pouvaient l'imaginer, la nuit allait tomber et à Pékin, il est sept heures de plus. Liu a coupé la file des voyageurs en attente de taxi, leur assurant que j'étais malade, puis m'a fait monter dans une voiture.

Sur la route, elle m'a donné à manger des *yue bing*, des gâteaux de lune qu'il lui restait dans un mouchoir en papier, ces gâteaux que j'aime tant quand ils sont fourrés d'un œuf dur bien doré. Je me suis régalé, tout au bonheur un peu anxieux d'être arrivé à Paris. Liu Ping m'expliqua le programme de la journée, l'endroit où nous allions, un hôtel près du quartier de la République, elle me rappela que j'étais libre pour la soirée, qu'elle pouvait bien sûr rester avec moi, m'emmener aux *Jardins de la Mandchourie*, un restaurant réputé. Je n'y serai pas dépaysé, moi le petit garçon du Nord-Est, en mangeant des galettes à la ciboulette, des encornets revenus à la sauce d'ail et des perles sucrées de Mandchourie à la crème de sésame noir, des aliments délicieux pour prendre des forces. Le lendemain, en effet, j'avais rendez-vous avec Thomas Schwartz pour aller voir maman et, après tant d'années, revoir ainsi Li Mei, il fallait que je me prépare.

J'ai dit à Liu Ping que je ne voulais pas dormir à l'hôtel, pour rien au monde, mieux valait être dehors, dans la rue, sous une tente, bien évidemment je voulais habiter là où maman avait vécu, dormir dans son lit, et pour ce soir, je ne me sentais pas de sortir, je n'avais pas faim, je préférais me reposer. Elle a hoché la tête, ça lui a paru sensé même si c'était, je veux bien le croire, plus compliqué pour elle d'arranger mon hébergement dans la maison de Li Mei. Elle a appelé d'une voix autoritaire, a négocié un prix au téléphone avec le loueur, en râlant comme il fallait, j'ai compris que cela serait deux cents euros pour la semaine, ça ne m'a pas paru cher, pour Paris surtout, j'ai dit oui, c'était ce que je voulais, ce que je voulais vraiment, dormir chez maman.

Une bonne demi-heure plus tard, le taxi s'est arrêté devant un immeuble. Boulevard de la Villette, c'était bien le nom qu'elle m'avait donné en chinois, ce devait être la petite ville, une villette, un quartier reposant. Numéro 41. Liu Ping a payé la course, j'ai pris ma valise et j'ai levé la tête. L'immeuble était quelque peu décrépi tout de même, avec une immense fissure dans la façade, qui partait du toit, en haut à gauche et zébrait tout l'édifice, jusqu'au premier étage. C'est justement au premier étage que cela s'est passé, Liu m'a désigné la fenêtre, la fenêtre fatale, et le store, arraché puis enlevé, et le point d'impact par terre, sur le trottoir. Alors j'ai posé la valise, je l'ai mise devant moi, je me suis agenouillé, je me suis prosterné une fois, deux fois, dix fois devant l'immeuble, en veillant bien à placer les paumes de mes mains et mes genoux le plus à plat possible, et en tapant ma tête contre le trottoir humide, ce trottoir qui avait été mouillé du sang de ma mère.

J'ai poussé la porte en ignorant tous ces gens regroupés autour de moi, ceux que j'avais empêchés de passer, tous les Chinois qui avaient compris ma douleur et savent ce que se prosterner veut dire pour un bouddhiste, j'ai suivi Liu

Ping dans l'immeuble, mal éclairé de l'intérieur, je suis monté, enfin c'est un grand mot, je suis d'abord descendu dans une sorte de cave, puis par un escalier biscornu, encombré d'objets hétéroclites, des landaus, des balais, nous avons grimpé, un peu, pas beaucoup, en passant devant des dizaines de boîtes aux lettres éventrées, arrachées, avec des noms en idéogrammes chinois ou en lettres arabes et quantité de prospectus publicitaires. Je suis arrivé devant une porte, constellée d'autocollants de toutes sortes, de publicités pour des restaurants chinois et d'annonces pour des rendez-vous de détente. Des années que je rêvais d'être là, chez elle. J'allais entrer chez maman. La maison de Li Mei à Paris.

Nous avons frappé et dit, en mandarin, qui nous étions. La porte s'est entrouverte, comme d'elle-même, mue par une force invisible et j'ai plongé avec impatience mon regard à l'intérieur. J'ai douté une fraction de seconde, j'ai hésité à entrer, j'ai pensé m'être trompé, j'ai détourné la tête, placé mon corps de côté, j'ai espéré. Ce n'était pas possible qu'elle ait fait tout ce chemin, qu'elle nous ait quittés, qu'elle soit venue là… Tant d'années, pour ça, ce trou, encore pire que notre maison à Fushun. A partir de ce moment, comme je ne voulais pas regarder les choses en face, comme je ne voulais pas croire la vérité ni perdre l'illusion que j'avais eue du bonheur de maman, j'ai fermé presque entièrement les yeux.

Liu Ping m'a présenté : le fils de Li Mei. Il y avait là une femme et un homme, qui vivaient séparément. Ils ont bien insisté sur le fait qu'ils venaient tout juste d'arriver dans l'appartement, une semaine plus tôt pour l'un, trois jours pour l'autre et qu'ils n'avaient donc pas connu ma mère. Qu'ils étaient désolés évidemment pour moi, que c'était certainement une femme très bien, une compatriote, une femme qui aurait mérité mieux et qu'eux aussi avaient peur, de plus en plus depuis le renforcement des contrôles, qu'ils ne sortaient pas ou presque, évitaient le métro, les cafés, la foule et même les magasins depuis que des policiers s'y introduisaient pour vérifier les identités. Ils avaient l'accent de chez moi. A la différence de Liu Ping, c'étaient des Dongbei, des Chinois du Nord-Est, des vrais Chinois tout simples, de Dalian exactement, au bord de la mer, et nous avons sympathisé tout de suite. Ils m'ont demandé s'il faisait froid à Shenyang quand j'en étais parti, je leur ai dit, moins quinze, moins vingt, alors ils ont ri très joyeusement en secouant leurs mains et leurs doigts comme s'ils se souvenaient et comme s'ils s'étaient brûlés au seul contact de cette information.

Sur le moment, je n'ai pas compris que nous habiterions tous ensemble dans la même pièce, je n'ai même pas pu l'imaginer parce que je croyais que c'était la maison où maman vivait seule, après cinq ans à Paris, cette ville à nos yeux si luxueuse. Surtout depuis que nous avions lu et relu le guide en chinois qu'elle nous avait envoyé, avec plan et images en couleur. Comment imaginer une vie dans ce placard quand on connaît maman, sa discrétion, sa coquetterie également ? C'est en voyant contre le mur les six lits superposés, oui six, deux par deux, comme à l'armée, que j'ai saisi que cette pièce, c'était l'appartement, tout l'appartement de maman, son appartement partagé. Les deux occupants m'ont désigné un lit, en entrant, le premier, en haut, presque derrière la porte, recouvert d'une couverture orange et noir avec un motif de tigre, un petit oreiller blanc et un drap déplié. Le lit de maman, le lit de Li Mei. Personne ne l'avait occupé depuis l'accident, comme s'il m'avait attendu, ce lit où elle avait passé sa dernière nuit, où flottait encore, comme pour parfumer la mémoire, l'odeur de ma mère. Dans la pièce en longueur pareille à un compartiment de chemin de fer, il y avait au bout, en face de la porte d'entrée, c'est-à-dire à cinq ou six mètres au maximum, une fenêtre qui donnait sur le boulevard de la Villette et sur le côté, une table étroite et deux chaises de part et d'autre. Fixé en hauteur, à s'en décrocher la nuque, un vieux poste de télévision avec les chaînes françaises, uniquement. Le Dongbei m'indiqua une salle de bains, en désordre et complètement aveugle, puis du côté du boulevard, près de la maudite fenêtre, une minuscule cuisine et son réchaud allumé sur lequel une casserole cabossée brinquebalait avec à l'intérieur un vieux fond de bouillon de légumes et de pattes de poulet.

Je n'ai pas voulu entrer davantage dans la cuisine et moins encore m'approcher de la fenêtre. Je la haïssais, cette fenêtre, la poignée, les vitres opaques et tout ce qui allait avec, son châssis, le cadre, le mur et l'appartement en général. J'avais envie de crier. Moi si calme d'ordinaire, je voulais renverser cette soupe, ouvrir en grand, tout jeter par la fenêtre, m'y engouffrer à la suite et hurler. J'étouffais dans ce minuscule studio, je me suis retourné, c'est à peine si je pouvais me déplacer entre Liu Ping qui m'attendait, terrorisée, et les deux colocataires qui me dévisageaient, rongés de compassion et de panique. J'ai dit à Liu qu'elle pouvait partir, je l'ai remerciée, l'ai assurée que je serais demain au rendez-vous avec Thomas Schwartz. Je me suis enfermé quelques minutes dans la salle de bains. J'avais vraiment une sale mine, disait le miroir ovale, la mine qu'on a à Fushun le matin quand on se réveille, lourd de la pollution accumulée depuis des années, les oxydes et les fumées, et tout le reste, le vertige des mines de charbon à ciel ouvert, la fermeture des entreprises et le chômage. La mine des migraineux tout gris, des migraineux alcooliques, chômeurs, à l'œil tombant.

Dans une baignoire au fond d'émail ébréché, j'ai fait couler de l'eau, froide, faute de mieux, l'armée m'a vacciné, j'ai pris une douche et me suis lavé les cheveux avec un morceau de savon. A peine séché grâce à mon tricot de corps, j'ai enfilé une épaisse chemise grise ainsi que le survêtement bleu avec lequel j'avais voyagé. J'ai voulu suspendre la veste en soie blanche que j'avais achetée spécialement aux *Nouveautés de la Province*, le grand magasin d'Etat de Fushun, et que j'avais emportée, avec le pantalon assorti, pour la cérémonie, mais il n'y avait pas d'endroit où le faire, alors pour qu'elle se défroisse, je l'ai posée avec précaution sur le lit de Li Mei. J'ai allumé une cigarette, j'en avais envie depuis si longtemps, j'en ai offert à mes deux compatriotes tellement contents de retrouver leur marque favorite, des cigarettes plus fortes, plus goûteuses disaient-ils que celles qu'on trouvait à Paris en contrebande. Le Dongbei m'a fait chauffer un peu de thé, du thé vert bien fort, et j'ai bu, lentement, sans dire un mot, en regardant la télévision, une émission de variétés, avec des chanteurs, en français, je crois, un programme auquel je ne comprenais rien. Une heure après, j'étais dehors, sur le boulevard.

3

Jusqu'à m'étourdir,
j'ai suivi la lune

C'est ainsi que je commence ma marche dans la nuit de Paris. J'ai toujours aimé marcher depuis que je suis enfant. Liu Ping m'a donné trois tickets de métro, j'ai des euros avec moi mais comme je ne comprends rien à la langue du pays, encore moins au fonctionnement des transports dans cette ville et que j'ai besoin de me dégourdir les jambes après tant d'heures d'avion et de voiture, je descends une longue rue, avec des restaurants et des cafés très animés, de la musique partout, de la musique chinoise, arabe et je ne sais quoi encore, une danseuse du ventre, des tenues colorées et une foule de gens qui rient en buvant. Je rejoins un petit canal et là ça devient très simple jusqu'à la grande colonne, la Bastille, que je connais bien pour l'avoir vue dans le livre envoyé par maman, mais aussi à l'école, avec toute l'histoire de la Révolution française qu'on nous enseigne en Chine, le 14 Juillet, la Liberté, l'Egalité, la Fraternité, et tous les nobles sentiments d'amour et de justice qui font la réputation de ce grand pays, puis en cherchant un peu, en continuant à descendre, je bute contre le fleuve, la Seine, je passe d'un quai à l'autre, grâce au plan en chinois que le Dongbei m'a prêté. Je finis par arriver devant l'adresse où maman repose. L'Institut médico-légal, un nom affreux qu'on m'avait traduit, un nom impropre, car s'il y a bien un endroit où la médecine a rendu à jamais son tablier, c'est bien là et si la mort est vraiment si légale, à quoi sert-il donc de se révolter ? C'est un bâtiment trapu avec du carrelage sur les murs, je passe devant, pour reconnaître, afin de préparer le rendez-vous de demain, mais c'est fermé à dix heures du soir, les morts se couchent tôt, on peut les comprendre. Il y a un café en face, ouvert, la seule trace de vie du quartier, un couple à l'intérieur qui se dispute, j'entre, je désigne du doigt une bouteille de cognac sur le haut du bar, un garçon un peu bourru me sert un verre, et je le bois cul sec, j'en commande un autre, d'une gorgée, j'en ai fini, je paye comme je peux, trop cher certainement, puis je sors à reculons tant l'ambiance est électrique. Alors je marche encore, je ne traîne pas, je ne veux pas imaginer que maman soit si proche, si morte, je longe l'eau, les péniches très éclairées qui découvrent pour moi les piles des ponts, les amoureux qui s'embrassent sur les bords, la grande cathédrale, les hôtels particuliers, celui de la Ville où Liu Ping m'a dit que je serais reçu par le Maire, et les musées enfin dont j'ai tant rêvé, grâce à mon guide touristique et ses images en double page, le Louvre, le Musée d'Orsay, les Arts Premiers et toutes sortes de splendeurs comme on n'en voit qu'à Paris. Je comprends enfin pourquoi maman est venue là, vivre là, même si bien sûr j'aurais préféré qu'elle habite dans ces quartiers de riches, avec les gens qui s'amusent, près du fleuve, plutôt que dans cet immeuble de cauchemar, cette chambre, ces cinq autres couchettes et cette abominable promiscuité, l'odeur des uns et des autres, et de la soupe du Dongbei qui n'en finit plus de cuire, et la cuisine, et la fenêtre et le store déchiré et toute l'histoire qu'il y a autour. À tant penser, je vacille. Le fleuve me tient lieu de rambarde. Je trouve mon rythme de marche, assez vite, le pas bien assuré, rien ne peut plus m'arrêter, un, deux, trois, quatre, cinq, six, *une mère ne ment jamais*, je me répète la phrase, car maman ne ment jamais, une mère comme elle ne ment jamais, elle est mon guide dans la vie, dans la beauté de la vie et du monde, j'aurais pu ainsi traverser tout Paris, j'aurais pu parcourir toute la France et toute l'Europe et faire le tour du monde avec cette cadence et la joie d'avoir retrouvé maman. Alors, comme je suis heureux sur ces bords de Seine, je me souviens d'un poème de Ya Xian sur Paris, qui m'a tant fait rêver à l'école.

> *Tu es un fleuve*
> *Un brin d'herbe*
> *Une empreinte de pas oubliée, la neige de l'an*
>   *passé*
> *Un parfum, une chaussure parfumée*

Et je marche de bon cœur, ne piétinant aucune mémoire, mettant mes pas et le ciel soyeux de mes semelles dans les traces de Li Mei, guidé par le poème et regardant le phare de Paris me faire le signe de la mère, ma chère météorite, elle qui a tant aimé se promener sur les bords du fleuve, qui me parlait des bateaux-mouches, de la tour si fameuse, la demoiselle de fer :

> *Entre la Seine et la vérité*
> *Quelqu'un choisit la mort*
> *Entre le désespoir et Paris*
> *La tour Eiffel, seule, porte le firmament*

En longeant les quais, je m'approche de cette immense silhouette baignée d'un brouillard de lumière dorée, si bien plantée dans la terre, avec ce bassin de mère, ces hanches lourdes qui portent la flèche dans le ciel de Paris, j'avance, le cœur battant, vers ce monstre de fer, cette grande femme surnaturelle qui domine tout, jusqu'à ma douleur. Le ciel pur de Paris contraste tant avec la brume peuplée des dragons de Fushun. De loin la tour paraît en transe. C'est là que Li Mei m'a donné rendez-vous, tant de fois, dans mes rêves les plus ardents, me disant qu'elle va souvent, la nuit, serrer dans ses bras de mère privée de fils cette armature de poutrelles, ce corset du monde. Je hâte le pas pour ne pas manquer la rencontre, un, deux, trois, quatre, cinq, six, une mère ne ment jamais, je suis sûr de mon coup et impatient plus que tout. Des phares m'éblouissent, maman, tu m'as dit cette phrase, au téléphone, tu m'as juré qu'à Paris la tour prend feu toutes les nuits, à chaque heure sonnante, moins cinq minutes, qu'elle scintille de toute sa chair d'ampoules, je titube, assourdi, enivré, le fleuve constellé de péniches aveuglantes, et à leur bord des fêtes, des musiques, des gens heureux, des familles unies, des danseurs de tango, des assemblées de mariage, des banquets d'affaires, des grappes de touristes

41

éberlués, des haut-parleurs. Alors, je lève la tête vers le ciel, mes yeux s'accoutument au noir de la nuit, distinguent les étoiles, les chariots, les assemblages, le très peu de lune, comme une courbe vermeille, puis je regarde ma montre, minuit moins six, dans une minute m'a-t-elle dit, Li Mei, tu verras, une minute et ce sera l'éblouissement, ce sera Paris lumière, le vertige, l'émerveillement brillant partout à l'envi, l'explosion des pupilles, comme un rêve d'enfance, de princesse, une symphonie électrique, la plus grande incandescence, les mille paillettes de l'or natif, rouge, jaune, vierge de la tour Eiffel.

4

Par erreur, je suis tombée dans les filets de la poussière du monde

— Comment c'est arrivé ?

— Par le plus absolu des hasards. J'ai vu une silhouette passer devant ma voiture, j'étais devant la tour Eiffel, un peu avant minuit, je conduisais vite, mais pas trop, j'écoutais la radio, un débat sur l'histoire des tests ADN, encore un, on n'en peut plus. Je n'ai pas eu le temps de l'éviter, j'ai pilé, puis j'ai entendu un bruit sourd et perçu un choc contre l'aile avant droite... C'était lui, je l'avais renversé.

— Et tu as eu peur ? Tu as eu peur de l'avoir tué ?

— Tué, non, je ne savais même pas ce que j'avais heurté. Il a fallu que je m'arrête, que je gare l'Audi, que je descende et que je constate qu'il y avait un corps par terre, un homme, asiatique, un jeune homme très grand qui avait perdu connaissance…

Je ne sais pas pourquoi, d'ailleurs, je l'ai chargé dans ma voiture, à l'aide d'un passant, en le prenant sous les bras, en tirant, pour le placer sur le siège à côté de moi, c'est là que j'ai vu qu'il était grand. Je n'ai pas osé avouer à Malika, en l'appelant tout à l'heure, qu'à l'hôpital, j'avais menti. Prétendu l'avoir découvert, devant mes phares, gisant sur le trottoir, probablement renversé quelques instants plus tôt par un chauffard qui s'était enfui. Ma victime sentait l'alcool et le tabac froid, ça je m'en souviens, et je l'ai dit à Malika. Plutôt que d'appeler le SAMU, de le laisser sur la chaussée, j'ai préféré l'enlever, encore inconscient, et le conduire moi-même au plus proche hôpital, Georges-Pompidou, pour l'inscrire aux urgences. Il avait repris connaissance et, très pâle, l'air un peu ahuri, le bras gauche qui semblait lui faire très mal, il paraissait quand même de bonne humeur. Mais muet. Complètement muet. On m'avait demandé son nom, le mien également.

— Anne Latour, trente-neuf ans, documentariste, 28 rue de Fleurus, Paris, sixième arrondissement.

— Et lui, c'est votre ami ?

— Non, lui, c'est un inconnu, c'est un homme qui s'est fait renverser par une voiture, que j'ai trouvé à terre et qui semblait en état de choc.

Pour décliner son identité, et comme il n'ouvrait pas la bouche, j'avais dû chercher ses papiers dans sa poche. *Fan Wen Dong, né le 4 juin 1987, à Fushun, province du Liaoning, République populaire de Chine.* Le lieu ne me disait rien. Et comme toujours, avec les patronymes en Asie, je ne savais ce qui appartenait à la famille, ce qui était prénom ou nom, mais ça m'importait peu à ce stade, ce qui comptait était de le savoir vivant malgré le choc. L'interne a tenu à faire une radio, une autre encore, du crâne notamment sur lequel il y avait une éraflure et un peu de sang, déjà séché, de la poitrine, des côtes, du bras gauche parce qu'il avait l'air de souffrir particulièrement de ce côté-là.

Comme il y avait du monde pour la radio, on a attendu, lui allongé sur la civière, moi assise à côté de lui. Je voulais appeler Malika pour lui raconter, mais je n'osais pas dans un hôpital, avec tous ces gens qui patientaient comme nous, les éclopés, les vieux, une fille au visage couvert de gaze, cette cour des miracles sans aucun miracle à espérer, je n'osais pas téléphoner. En regardant le Chinois, j'ai pensé à l'histoire de

Bouddha, Siddhartha comme on l'appelait alors, qui, à vingt-neuf ans, fait des rencontres essentielles qui détermineront sa vocation. Du coin de l'œil, je regardais la civière et le corps du jeune Chinois. Malgré le froid, il était habillé d'un survêtement assez léger, d'un bleu pétrole, avec des baskets noires, ce n'était pas une tenue de jeune, c'était en l'occurrence une tenue de pauvre. Il dépassait sur le lit blanc, il était grand, très maigre aussi, un visage, long, émacié, un regard apaisant. Des cheveux épais, des pommettes avec quelques grains de beauté, des yeux immenses, un nez magnifique, aquilin. Je n'osais le trouver beau, mais il l'était, je n'ai qu'à me souvenir de lui, sous rayons X, de son torse nu, de ce corps imberbe, peu musclé, mais détendu, de cette peau si blanche pour un Chinois. C'est alors que j'ai vu, à la lumière de la radiographie, qu'il avait à l'auriculaire droit une bague, une bague très féminine avec un diamant très pur, très étincelant, un petit diamant qui contrastait avec la modestie de sa garde-robe.

J'ai attendu les résultats des radios dans le couloir, assise sur la chaise en moleskine, et lui allongé sur sa civière. Comme on ne pouvait se parler, j'ai laissé mes pensées vagabonder. Au début je me disais que j'étais là parce que je me sentais coupable de l'avoir renversé et puis, peu à peu, je me suis persuadée que si je l'avais emmené à l'hôpital, si je ne l'avais pas confié à des ambulanciers, c'est que je ne voulais pas le perdre et que probablement je n'avais rien de plus précieux que lui à cet instant précis de ma vie si confuse.

Alors quand l'interne nous a montré les radios, avec l'ombre marquée de son squelette, les os en bon ordre, le bon compte, quand on a su qu'il n'avait rien, si ce n'est peut-être un muscle bien froissé au bras gauche, une tendinite qui le ferait souffrir quelques jours, et qu'il n'y avait rien à payer, parce que c'était comme cela, la Sécurité sociale, la couverture universelle maladie, le bon système à la française, je n'ai pas hésité une seconde, je me suis dit, Anne, ce Chinois-là, c'est ton porte-bonheur dans la vie, Bouddha l'a placé en travers de tes roues, le signe est manifeste, toi dont la route peu à peu se rétrécit, tu ne peux pas le laisser à deux heures du matin sur le bord de la Seine, tout seul, avec son vocabulaire de misère et même si personne ne sait que tu l'as renversé avec ta voiture, tu lui dois bien de le raccompagner, et qui plus est, tu en as vraiment envie.

Et c'est ainsi que toute l'histoire a commencé, une nuit de novembre, une nuit de lundi à mardi, tous les ennuis et tous les miracles, quand après une séance assez burlesque, où je mime la conduite d'une voiture en le désignant, puis avec les mains posées l'une contre l'autre sous mon oreille, je dis dodo, imaginant que c'est un mot universel et peut-être même, par sa sonorité, un mot chinois, en bâillant très fort pour être bien comprise, quand après avoir atteint tous les ridicules du mime de situation, il fouille à l'intérieur de son survêtement, il extrait un livre de poche, puis un petit papier froissé.

Il n'y a que Malika qui peut comprendre pourquoi c'était si important pour moi, à ce jour, à cette heure.

Ce petit papier, je l'ai pris. D'un côté, des idéogrammes. De l'autre, une adresse : 41 boulevard de la Villette.

5

Et les larmes lui coulent
comme des rangées de perles

Il faut m'imaginer avec le plan déplié de Paris
devant le pare-brise, mes lunettes pour arriver à
lire les petits caractères et les sens interdits, avec
la loupiote de bord jaunasse, la pluie battante,
les essuie-glaces frénétiques, la radio qui chuinte
un refrain venu sans doute d'Afrique, une
musique tiède et traînante pour calmer les
douleurs, pour repousser le sommeil, il faut voir
également mon passager, raide comme un
piquet, ce jeune homme trop grand pour tenir
dans l'Audi sans se plier, malgré ses contusions,
son bras douloureux, mon passager égaré de
Fushun — je ne sais toujours pas où c'est,
Fushun ! — dans le Belleville d'aujourd'hui, afro,
judéo, musulman et chinois. Il faut le voir, bras
gauche en bandoulière, une grande écharpe de

toile blanche autour du cou, il faut l'imaginer avec sa tendinite aigue, suite à l'accident. Il est fatigué, il se relâche, alors ses yeux se ferment, sa tête tombe régulièrement, la guillotine des noctambules, ça fait de la place pour le reste du corps, puis il se redresse comme s'il avait dormi toute une nuit alors que ça n'a duré que l'instant de le dire. Il se redresse, replace son bras gauche sur l'écharpe blanche, il sourit, s'épuise puis retombe, et c'est par ce mouvement permanent de guignol qu'il me fait bénéficier de sa compagnie.

Il est vraiment tard, je me suis un peu perdue dans le quartier, sous la pluie torrentielle, on ne reconnaît rien à cinq mètres, derrière ce rideau d'eau avec le sentiment qu'une nuée de criquets s'abat sur la vitre de la voiture, je roule au pas, je me dis qu'un accident, ça suffit, près de trois heures de perdues pour le montage du film, déjà compromis, tant j'ai pris de retard à cause de mon voyage en Asie. Voilà, la nuit est fichue, moi, je fais l'ambulance, puis le taxi, la voiture-balai des noceurs de Paname, tout ça pour un inconnu dont l'haleine empeste le cognac et la cigarette. Pour couronner letout, je ne dois pas oublier les derniers rushes à huit heures du matin, avec Malika et l'équipe de production. Nous passons devant le Père-Lachaise, je veux faire entendre à Fan Wen Dong – je ne sais pas alors qu'il suffit de l'appeler Wen Dong –, qui s'est réveillé pour de bon cette fois, que c'est un cimetière, l'endroit des endormis à jamais, alors je mime encore le sommeil, avec les mains closes, sous l'oreille. Pour simuler le repos éternel, j'exécute un grand mouvement en croisant les bras, pour dire que c'est fini, un geste qui se veut vaguement bouddhiste, la voiture fait une embardée parce que je ne la contrôle plus et mon passager pousse un petit grognement, qui lui est familier, une marque de satisfaction que j'interprète depuis le début de notre relation comme un signe d'entendement. Il n'a pour autant rien saisi de ma gesticulation, car il proteste qu'il ne veut pas dormir, encore moins dans une prison enserrée d'un grand mur de meulière comme le Père-Lachaise, je crois qu'il prend pour lui ma mimique du sommeil, décidément, on ne va pas se comprendre facilement, même pour se dire des choses aussi élémentaires que dormir, mourir... Boire, peut-être aurait-il compris, avec le pouce aux portes des lèvres, boire ou manger, les cinq doigts ramassés en une pince collée à la bouche.

Bientôt la plaisanterie va cesser, bientôt il sera chez lui, aux antipodes de chez moi, tout de même, de l'autre côté du fleuve, sur l'autre rive, j'arrive au métro Belleville, je me trompe, au lieu de prendre le boulevard de la Villette, en face, je m'engage à droite, je monte la rue de Belleville, je connais mieux le quartier de ce côté-là, j'y avais eu longtemps un amant, un écrivain qui habitait au-dessus du fameux *China Town Belleville*, rue du Buisson-Saint-Louis, avec ses formules karaoké à la thaï. Un amant qui a compté, puisqu'il est devenu mon mari, l'homme de ma vie, enfin, avant qu'il ne le soit plus. Il y a également dans la rue une pâtisserie assez kitsch où je suis allée acheter un soir, pour amuser la galerie d'un dîner que je donnais dans sa maison, du temps où nous nous aimions, un gâteau de cérémonie chinois, à plusieurs étages, dégoulinant de sucre glace et surmonté d'un plumeau tout rose, et aussi *Wing An*, une épicerie connue pour ses laqueries, ses couennes de porc frites et ses œufs centenaires macérés dans la chaux. Que de souvenirs de repas et de moments partagés, dans le plaisir et dans la simplicité. Il y a surtout plus haut, sur la droite, la maison d'Edith Piaf, avec les fameuses marches où elle a été trouvée, bébé. Je me dis qu'au moins avec Piaf, je tiens une valeur universelle, que les Chinois doivent connaître, adorer, et vive Marion Cotillard, alors j'arrête la radio,

Amadou et Mariam, adieu Bamako et que chante le petit moineau, je mets un CD, et au hasard, j'appuie. C'est la fameuse, *C'est toi le plus fort...* une chanson que je connais suffisamment pour la fredonner tout en continuant mon chemin : *Ah, c'que t'es grand! T'as une belle gueule...*

Je ne sais si Wen Dong est familier de cette chanson, ni même d'Edith Piaf, mais ça a l'air de le détendre, de le réveiller aussi, il est tout sourire, c'est manifestement romantique à souhait, tout ce que les Chinois partagent avec nous. Le temps de passer à *Adieu mon cœur, On te jette au malheur* et de retrouver ma route, et nous arrivons boulevard de la Villette. Je montre à Wen Dong le numéro de l'immeuble à travers la vitre que j'ai baissée, il n'a manifestement pas envie de partir tout de suite, parce qu'il a cherché dans une poche de son survêtement un paquet de cigarettes chinoises, des Zhonghua, il m'en propose une, et moi qui n'ai pas fumé depuis quatre bonnes années, je m'y remets, bien volontiers, j'en prends une, lui aussi, il me tend un briquet, la flamme jaillit, très faible, mais suffisante pour nous deux. Tout cela avec son bras en bandoulière, l'écharpe autour du cou, avec maladresse, mais avec détermination. La cigarette me procure du plaisir,

même si elle est un peu forte pour mes premières retrouvailles avec le tabac, elle me
détend, je me cale dans mon siège, je détache la
ceinture de sécurité, comme on dégrafe un vête-
ment superflu.

La chanson de Piaf me donne plutôt envie de
pleurer : ces histoires d'amour à la lumière de ce
que j'ai vécu depuis deux ans, cette absence
d'amour après la fin de l'histoire avec mon mari,
cette chute lamentable et toute cette tristesse
qui m'habite depuis. Je pense aux marches sur
lesquelles on a trouvé la Môme, abandonnée,
à quelques mètres de là, je pense à tous les sans-
logis, aujourd'hui encore, dans mon pays, ma
capitale, je pense à moi, à lui, devant cet immeuble, échoués sans rien pouvoir nous dire,
perdus dans nos solitudes, indifférents aux mots
sinon aux paroles d'une chanson d'amour. Je tire
un peu fort sur la cigarette, comme je le faisais
quand je fumais autrefois mon paquet quotidien,
la fumée monte jusqu'à mes yeux, ça m'arrache
des larmes, je renifle, c'est bon de pleurer devant
un inconnu, il me regarde, en attisant la braise
de sa cigarette, il éclaire la scène, ma larme qui
dévale le long de la narine, et une autre qui suit,
celle de la fumée et celle de l'amour manqué, je
tire à mon tour sur la cigarette et je le vois me

regarder, son sourire, sa douceur, cette attention paisible qu'il me porte, et j'aime qu'on ne puisse rien se dire d'autre. Son regard ne trompe pas, il est incroyablement sincère. J'aime cette absence de mots qui empêche le mensonge, car c'est toujours par les mots que les amants se mentent, c'est ainsi que j'ai compris que mon mari me trompait, quand il me disait trop qu'il m'aimait, lui l'écrivain, l'homme bavard, le magicien du verbe. Avec Wen Dong, tout mensonge est impossible.

J'aime ce mystère de nos regards qui ne savent rien de l'autre. Là est l'humanité, la possibilité de la rencontre, par-delà les mondes, par-delà les langues. Un moment, je crois, j'espère qu'il va écraser mes larmes avec son doigt, celui qui porte bague et diamant, je ferme même les yeux pour lui donner sa chance, mais rien ne vient, j'en ai pourtant tellement envie, je continue de pleurer, sous la noirceur des paupières, comme un écran tendu à l'intérieur, je revois le visage de mon mari lorsqu'il m'avait annoncé qu'il partait, cette nuit de Toulouse, que c'était donc fini, je m'aperçois que ce n'est toujours pas fini en réalité, que cette mort de l'amour est bien vivante, bien saignante, que j'en souffre encore, que je l'aime encore, ou quelque chose dans ce genre, la fumée me monte au cerveau, je manque de m'évanouir, je ressens une soudaine nausée, ça se calme, Wen Dong est toujours là à mes côtés, la chanson se termine tandis que nos cigarettes finissent de se consumer.

> *Adieu mon cœur.*
> *Les échos du bonheur*
> *Font tes chants tristes*
> *Autant qu'un repentir...*

J'avance mon visage vers lui, comme pour l'embrasser, sur les lèvres certainement, ce doit être mon intention, je n'ai plus vraiment de défense, ni même d'assurance, cela fait deux ans que je n'ai pas embrassé des lèvres, je ne sais plus que faire de ma langue, comment la placer, c'est invraisemblable quand on y pense, à mon âge, mais lui se met à rire, un rire d'embarras, je sens pourtant qu'il le souhaite, ce baiser et davantage probablement, mais il recule légèrement, son bras gauche en bandoulière, il me paraît terriblement bien élevé, beaucoup plus maîtrisé, du haut de ses presque vingt années, que je ne peux l'être, il me tend la main, celle qui porte la bague, une main chaleureuse, je suis glacée, blessée, il opine plusieurs fois de la tête en disant *sié-sié* peut-être dix fois de suite, ce que je sais signifier merci.

Il est parti. Je me sens seule, comme abandonnée, trahie. La pluie s'est arrêtée de tomber. Il y a juste cette odeur de cigarette qu'il me laisse, ce peu de présence ou d'attention, cette négligence même, une odeur que j'ai fini par oublier avec le temps, et rien d'autre, pas même un numéro de téléphone, il ne m'a rien demandé, ni nom, ni adresse, ni qui je suis. Je ne l'intéresse pas, c'est ainsi, je dois m'y résoudre, je ne dois pourtant pas m'en faire, ce n'est qu'un homme et c'est peu de chose un homme face à une femme. Mais une femme, c'est aussi toujours pareil, alors, je veux être sûre qu'il entre bien dans l'immeuble, que tout va bien, il ne se retourne pas, sa silhouette légèrement gauchie par le bras douloureux s'engouffre dans le vide, la porte claque derrière lui. J'attends encore, en double file, je regarde de l'autre côté, sur l'allée centrale, là où se tient le marché. Ce doit être dans quelques heures, car les piquets, les planches et les armatures des comptoirs sont déjà installés, il ne manque que la toile et la marchandise. Sous la lumière du réverbère planté très exactement en face du 41 boulevard de Belleville, il y a quatre filles, des Chinoises certainement, des prostituées, habillées de combinaisons de plastique noir qui brillent sous la nuit. Elles fument comme nous avons fumé, des Zonghua

pourquoi pas, en s'éclairant le visage et en rigo-
lant, un homme passe, d'origine africaine, bien
habillé, costume trois pièces et un parapluie qu'il
a gardé ouvert. Les filles l'éconduisent, il insiste,
il n'en a certainement déjà plus envie, mais c'est
par principe, pour son honneur, puis il
comprend qu'elles n'iront pas avec lui, que ce
sont des Chinoises et qu'elles ne montent jamais
avec des Noirs, alors il voit ma voiture, l'Audi
allumée, garée avec les warnings et une nouvelle
chanson de Piaf qu'il entend à travers la fenêtre
ouverte, il se souvient du garçon sorti de ma
voiture, ce doit être un client, il se dit que c'est
son tour, que je l'attends, et il s'avance vers moi
en traversant le boulevard.

> *Dessus la mer, un vieux cargo*
> *Qui s'en va jusqu'à Bornéo*
> *Et, dans la soute, pleure un nègre,*
> *Un pauvre nègre, un nègre maigre,*
> *Un nègre maigre dont les os*
> *Semblent vouloir trouer la peau.*

Je panique en le voyant s'approcher, puis ça
me fait sourire, je me dis que quand même, moi
qui n'ai pas fait l'amour depuis si longtemps, être
prise pour une pute au volant, c'est un peu fort,
je démarre en faisant crisser les pneus, je le frôle,

le pauvre doit se dire que décidément en France, à Paris sur Chine, à Belleville les Mandchous, il ne fait pas bon être noir, bien habillé et tricard à cette heure tardive de la nuit.

6

Je souhaite confier ma personne
au halo de l'astre nocturne

Comment faire un film sur Marguerite Duras, même un documentaire, quatre-vingt-deux minutes pour résumer quatre-vingt-deux années de vie, et quelles années ? Faire un film à sa place, en son absence et la rendre présente tout de même, elle qui a tant aimé le cinéma, a tant tourné, à sa manière, avec ses incroyables lenteurs. J'ai survécu cependant, ces derniers mois, grâce à Marguerite la reine des plans fixes, la grande prêtresse des miroirs, elle qui prétendait faire des films pour occuper son temps, qui disait que si elle avait la force de ne rien faire, elle ne ferait rien, elle qui a hanté mes années quatre-vingt quand j'avais vingt ans. Je lui dois de parler encore, et de parler avec désir. J'ai monté, mis bout à bout des heures d'elle-même, de son corps, de sa voix, des notes de Carlos d'Alessio, j'ai malaxé sa chair et ses pensées, placé, comme elle, Nevers dans la banlieue d'Hiroshima et Neauphle sur le bord du Gange, j'ai agité le tout, la mémoire et les mots. Pour la résumer j'ai taillé dans la masse, la consistance, afin de raconter une histoire à ma façon, pas nécessairement respectueuse. Avec elle, j'aurais aimé aller plus loin, m'entretenir des hommes, du sexe, ce qui n'est pas la même chose, mais va parfois ensemble, j'aurais aimé qu'elle me dise ce qu'être amoureuse lui avait coûté ou apporté, j'aurais aimé aussi qu'elle me parle de ce qu'être mère veut dire, car je n'ai pas d'expérience en la matière, ce n'est pas faute d'avoir voulu, mais c'est ainsi, la nature et la barbarie des hommes, de leurs mensonges, de nos protections, des sté-rilets, des pilules et des préservatifs.

Ce que je visionne chez moi, rue de Fleurus, à quatre heures du matin, après cette traversée de Paris, n'est pas sans intérêt, mais me laisse encore insatisfaite. Je viens à bout du sujet, ce qui ne paraissait pas acquis quand je me suis attaquée à ce monstre sacré. Il ne me reste qu'une petite semaine pour tout boucler. Une semaine pour mixer les sons, les voix off, la musique. Sur mon écran, dans la pâleur de la pièce, les images défilent et racontent la vie d'une femme qui fait honneur à notre sexe. Marguerite Donnadieu a tout de même une sacrée allure… Une vraie Créole, née au Vietnam et installée en France, et cette voix, cette voix de fumeuse et de buveuse de whisky, et ces images quand elle grogne, quand elle n'est pas contente, l'occupation du siège du CNPF en 68 avec Jean Genet, cet échange de vues, assez rude, avec François Mitterrand, et puis après, quand elle l'étreint en avril 1988, lors d'une réunion de son comité de soutien pour la présidentielle, c'est quand même un beau morceau d'anthologie, de vie même.

Voilà typiquement ce que je ne pourrais partager avec Wen Dong ou avec quiconque n'aurait pas vécu notre vie en Europe, ne posséderait pas notre bibliothèque, n'aurait pas vu nos films au Quartier latin. Écouter, jusqu'au petit matin, la voix, non créditée au générique, de Marguerite Duras dans *Sauve qui peut la vie*, mon film préféré de Jean-Luc Godard avec Nathalie Baye, Jacques Dutronc et Isabelle Huppert. Vivre à contretemps, ignorer la marche ordinaire des minutes et des heures, la tyrannie de l'agenda, vivre vraiment en décalage, en tenant son pouls pour en apaiser le battement, vivre la nuit les émotions du jour et inversement, penser à la planète en permanence, à ceux qui se lèvent quand nous regagnons nos lits, aux aubes d'ici qui sont des crépuscules là-bas, à tous ces points grandement éclairés de l'autre côté de nos ténèbres. Se remettre à fumer alors que c'est complètement passé de mode, voire interdit et toujours aussi déconseillé, dedans, dehors, dans les cafés comme dans les réceptions les plus intimes. Retrouver une vieille cassette de *Moderato Cantabile* et admirer Jeanne Moreau brandissant son prix d'interprétation au festival de Cannes en 1960. Mieux encore, revoir la Palme d'Or, l'année suivante, *Une aussi longue absence*, un film d'Henri Colpi dont Duras est la coscénariste. Vivre libre, puisque de toute manière, on vit seule, qu'on n'a aucune obligation, aucun enfant à nourrir, plus aucun homme à séduire, pas même un animal domestique ou des amis exigeants. Aimer les morts qui ont aimé Duras : Delphine Seyrig, Madeleine Renaud, Maurice Blanchot et tous les autres qui ont fini anonymes. N'être esclave d'aucune convention horaire. N'être sensible à la dictature d'aucun réveil, d'aucune sonnerie. C'est ma vie, cette vie sans obligation, facile, parce que j'ai de l'argent, grâce à mes contrats, mes intermittences de spectatrice engagée, une jolie carrière de documentariste, un nom dans la profession, Anne Latour, comme un label de qualité pour objets cinématographiques exigeants, les avantages qui y sont liés, les voyages un peu partout, les invitations à dîner, les soirées, les spectacles et les articles dans les journaux, telle est ma vie dans l'appartement qui jouxte le jardin du Luxembourg, dans mon face à face avec la maison de Gertrude Stein et le siège des éditions Stock. C'est l'appartement qu'avec mon mari nous avons loué, il y a dix ans. Quand il est parti, j'y suis restée. Dans le décor de l'amour mort. Parfois, je me dis que j'aurais dû déménager. Fantômes, spectres, rien n'a été complètement balayé, il en reste des traces. Mais j'aime cet arrondissement bourgeois, celui de MD, rue Saint-Benoît, dont elle se moquait un peu dans *Les plaisirs du 6ᵉ*.

Je n'écris pourtant pas de livres, je fabrique seulement des images, ce qui nourrit bien et ne fait honte à personne. J'ai longtemps hésité avant de me lancer dans ce documentaire mais comme Arte avait apprécié mon dernier film sur Walter Benjamin, et qu'ils avaient vraiment envie de moi pour Duras, au nom du genre féminin, j'ai dit oui.

J'ai pris avis, j'ai consulté, j'ai discuté avec tout le monde, ceux qui l'avaient connue, Yann Andréa, Jean Mascolo évidemment, qui avaient écrit sur elle, Alain Vircondelet, Viviane Forrester, Laure Adler, Aliette Armel, Jean Vallier et beaucoup d'autres qui avaient encore,

onze ans après sa mort, des choses à dire sur elle.
J'ai demandé à aller en Asie, à Gia Dinh, près de
Saigon, sur les lieux de sa naissance, à Phnom
Penh, à l'école des filles de Vinh Long, sur la
concession agricole à Prey Nop, dans le sud du
Cambodge, à Sadec, plaine des Oiseaux, au bord
du Mékong, puis dans l'ancien lycée Chasseloup-
Laubat à Saigon de nouveau, bref j'ai souhaité
sillonner cette Indochine qu'elle avait connue, y
tourner un mois durant, avec une petite équipe.
Ils m'ont donné leur accord, le budget était cor-
rect, les délais serrés, mais après une année à me
morfondre d'avoir été abandonnée par mon mari,
alors même que nous en étions à nous demander
comment avoir des enfants, cela m'a paru une
bonne idée de partir de chez moi, et d'aller
chez elle. De passer du temps avec Marguerite
Donnadieu. Alors j'ai tout abandonné pour elle,
et elle m'a sauvé la vie. J'ai écrit une histoire, j'ai
voyagé partout dans le monde, j'ai trouvé des
images rares ou peu connues, à l'IMEC, près de
Caen, des documents au Centre des Archives
d'outre-mer à Aix-en-Provence, et ailleurs, avec
Luce Perrot, Pierre Dumayet et des extraits d'*Ex-
Libris*, j'ai tiré le meilleur des entretiens avec
Dominique Noguez sur les films de Duras et
la participation de Gérard Depardieu ou de
Bruno Nuytten, des émissions télévisées comme

le numéro d'*Apostrophes* de septembre 1984, peu de temps avant l'attribution de son Goncourt, des témoignages de Jeanne Moreau justement, de Delphine Seyrig, de Daniel Mesguich ou de Michael Lonsdale, des séquences tournées à Neauphle-le-Château, à Trouville, à l'hôtel des Roches-Noires, rue Saint-Benoît, des extraits d'*India Song*, *Nathalie Granger*, *Aurélia Steiner*, mais aussi *le Camion*, *les Mains négatives*, *le Navire Night*... Des photos également, comme celle-ci, devant ma table, Marguerite Duras vêtue à l'an-namite à la fin des années 20 et « son appartenance indicible à la terre des mangues, à l'eau noire du Sud, des plaines à riz ». Et des images retrouvées, celles d'une authentique Morris-Léon Bollée, la voiture de l'amant...

Tout cela m'obsède cette nuit, quand soudain, prononçant mentalement le mot d'*amant*, j'ai une révélation. Ce diamant... Ce diamant au doigt de Wen Dong ? Et le nom de la ville qui figure sur son passeport, Fushun, dans le Liaoning... J'ai relu, il y a peu, le livre qui a rendu célèbre Marguerite Duras dans le monde entier, je n'ai pas de mal à le retrouver immédiatement sur l'étagère, dans la grande bibliothèque. Fushun, la Mandchourie, la Chine du Nord... C'est *l'Amant* ! « Elle le regarde. Elle lui demande qui il est. Il dit qu'il revient de Paris où il a fait ses études, qu'il habite Sadec lui aussi, justement sur le fleuve, la grande maison avec les grandes terrasses aux balustrades de céramique bleue. Elle lui demande ce qu'il est. Il dit qu'il est chinois, que sa famille vient de la Chine du Nord, de Fou-Chouen. » Je me précipite sur Google. « Fushun, province du Liaoning, ancien nom français Fou-Chouen ». Certes, Wen Dong n'appartient pas à cette minorité qui tient l'immobilier de la colonie des parents de Marguerite Duras. Certes avec Wen Dong, son survêtement bleu pétrole et ses baskets, on est loin de la silhouette élégante, descendue d'une limousine noire et fumant une cigarette anglaise sur le passage d'un bac sur le Mékong… Un homme qui revient de Paris, où il a fait ses études, un homme qui s'ennuie de cette ville, des « adorables Parisiennes, des noces, des bombes… ». Mais tout de même, je suis gâtée, bénie des dieux, servie à domicile. La vie m'a fait cadeau en cette nuit de pluie battante d'un jeune garçon tout droit venu de l'ancienne Fou-Chouen, un fumeur de Zonghua, les cigarettes favorites de Mao Zedong !

Une autre référence me vient alors. Dans *l'Amant de la Chine du Nord* paru quelques années plus tard, parce que Marguerite Duras n'a pas aimé le film de Jean-Jacques Annaud, le lecteur apprend que l'amant, après avoir passionnément aimé la jeune fille de la directrice de l'école, s'est finalement marié avec une Chinoise, elle aussi originaire du Nord, de la ville de Fou-Chouen.

Tout à coup, j'ai une extraordinaire envie de fumer. Ça m'a repris. Une cigarette a suffi, tout à l'heure, dans la voiture. Je m'apprête à fouiller l'appartement de fond en comble, les tiroirs, les armoires, les tables de nuit, les poches des manteaux, et même le placard avec les bougies et les décorations de Noël. Je cherche des cigarettes. Mon mari, lui aussi, fumait. Il fume encore, je crois, bien que je ne l'aie pas croisé depuis quelques mois. Je ne l'imagine pas s'arrêter de fumer. Je ne l'imagine pas différent, il est vrai, du temps où nous vivions ensemble. Je ne l'imagine pas sans moi. Jamais. Je ne l'imagine pas heureux sans moi. Je fonce vers une malle où j'ai jeté des objets qui lui appartiennent, et qu'il n'a jamais récupérés, malgré ses promesses, quelques manuscrits, des articles, des photos de nos années de bonheur. A l'intérieur, je trouve un paquet entamé de Chesterfield, sans filtre, ses préférées. Il en reste cinq ou six. Ce sera assez, je pense, pour trouver le sommeil. Mais, par la même opération, je m'assure une insomnie durable : en quelques secondes, fumant ses cigarettes, aspirant son haleine, tout m'est revenu, ma vie avec lui, notre appartement. Les murs ont parlé, les murs sont poreux, les murs suintent de nos récits, de nos mots, j'ai revécu nos jeux, la paix si bonne après la jouissance, puis la guerre, la guerre si terrible que nous nous sommes faite.

7

Je souhaiterais me promener parmi les immortelles

Ce doit être lui. Il a l'air égaré, un professeur de philosophie, un écrivain, veste noire, pantalon noir, chemise noire, cheveux en désordre, pas très grand, un peu d'embonpoint malgré sa petite cinquantaine et cet air préoccupé des grandes choses du monde qui semble si commun aux hommes de ce pays. Il peste d'avoir grossi, il peste d'avoir arrêté de fumer, il y a trois mois, suite à un petit malaise cardiaque. Mais je ne l'apprendrai que plus tard. Ce qui me frappe tout de suite, c'est qu'il a les oreilles allongées comme celles de Bouddha ! Liu Ping est avec lui, elle a dû lui raconter, l'arrivée à l'aéroport, le choix d'habiter dans l'appartement de Li Mei. Il sort du café, ce café de la morgue où j'étais hier, il m'a vu à travers la vitre, il vient vers moi, tout sourire :

— *Ni hao! Je suis Thomas Schwartz et je suis vraiment heureux de vous savoir ici, à Paris.*

— Vous parlez chinois ?

L'interprète de l'association s'approche et traduit, à sa demande :

— Je vous ai dit tout ce que je sais. J'ai appris ma phrase par cœur…

Je n'en reste pas moins épaté.

— Vous avez un drôle d'accent, pour un Chinois de Paris ! C'est un accent du Nord, comme chez moi, un accent de Dongbei !

Liu Ping traduit ce qui précède comme ce qui suit. Et notre dialogue s'interrompt là, pour un moment. Il me prend aussitôt dans ses bras et m'embrasse comme si nous nous retrouvions après une longue séparation. Il me regarde longuement, fixement, dans les yeux, notre rencontre le met manifestement en joie :

— On me dit souvent cela. J'ai eu une professeur qui venait de cette région, ça doit être la raison.

Nous avions rendez-vous. Non que maman soit très occupée et qu'il faille s'annoncer, mais parce que ce genre de visite se prépare. Je n'ai pas beaucoup dormi, deux ou trois heures au maximum. Mon bras me faisait mal, pendant la nuit j'ai cherché de la glace dans la cuisine pour me faire un massage, il n'y en avait pas. J'ai essayé de m'installer comme il le fallait, pour soulager la douleur, malgré l'étroitesse du lit. Avant de m'endormir, j'ai fumé des cigarettes, en écrasant mes mégots dans une petite coquille Saint-Jacques en aluminium, tout cela sur la couchette de maman avec son tigre rayé orange et noir en fourrure synthétique qui produit de l'électricité statique. Les deux Dongbei dormaient à poings fermés, la femme ronflait doucement, et trois autres locataires étaient venus occuper les lits restants. Des Chinois. Sur une chaise, une combinaison éclatante, d'un noir brillant, a été jetée hâtivement par une dormeuse à laquelle je n'ai pas été présenté. J'ai repensé à cette soirée, essayant de me souvenir des chansons entendues dans la voiture, une de leurs artistes bien connues, dont le nom m'échappait complètement, des airs assez anciens, pas très gais, j'ai tenté de fredonner la mélodie de l'une d'elles que j'ai bien aimée. En me tournant vers le mur, j'ai poussé un petit cri de douleur. Sans cette fichue voiture qui m'a renversé, je n'aurais jamais rencontré cette femme, pas connu les hôpitaux modernes de Paris, ni fait cette balade avec elle dans la ville, bien au chaud, sous la pluie. Je crois bien que je lui ai plu et si je n'avais pas eu si fortement maman en tête, j'aurais été tenté de rester avec elle pour la nuit. Mais elle doit avoir l'âge de Li Mei et ça me gêne quand même d'être avec quelqu'un de sa génération, et puis, sans être un bouddhiste très convaincu, je pense qu'il faut modérer ses désirs, surtout dans un moment comme celui-là, à la veille d'une rencontre comme celle que je m'apprête à faire. Qui ne trouverait pas sacrilège d'embrasser une femme qui pourrait être sa mère quand sa propre mère ne peut plus embrasser personne, regarder personne, toucher personne ?

Quand j'ai eu fini le paquet de cigarettes, il était près de cinq heures du matin, on entendait des bruits sur le boulevard extérieur, des camions avec des lances à eau pour nettoyer la rue, puis d'autres moteurs, des camionnettes, des voitures, certainement les chalands du marché, les commerçants qui installaient leur matériel, disposaient leurs provisions. J'entendais tout, cela me rappelait la campagne, près de Fushun, quand j'étais enfant, les marchés des villages, les paysans de Mandchourie qui affluaient pour vendre leur blé, leurs légumes, leurs volailles, les vieux avec les rennes l'hiver, et nos bonnets jusqu'aux oreilles, tant il faisait froid. Et puis un jour, ce spectacle m'a été interdit parce que nous avions déménagé et alors c'était la ville, impitoyable, les camions-poubelles, les sirènes de police, les cris des ivrognes, les chiens qui hurlaient, les injures en russe, en coréen, tous les étrangers qui se réfugiaient chez nous, toutes sortes d'autres bruits de la nuit, plus rien de rassurant.

Je n'ai pas eu envie de dormir parce que je voulais partager les insomnies de maman, je me souvenais qu'elle dormait déjà très difficilement quand nous vivions ensemble et il n'y a aucune raison qu'elle ait mieux dormi ici à Paris, sans nous, avec tous les soucis qu'elle a dû avoir, et l'angoisse du lendemain, j'ai voulu me rouler dans son tigre rayé en fourrure, me mettre à sa place, dans sa tête en entendant ce qu'elle a dû entendre, nuit après nuit. La rumeur de Paris. La rumeur de l'immeuble, les voisins dont on perçoit trop bien l'intimité, les chasses d'eau, les tuyauteries, les objets qui roulent au sol, un couple qui gémit, sans qu'on sache s'il fait l'amour ou s'il se dispute, les craquements dans la structure du bâtiment, une fenêtre qui s'ouvre, un volet qui bat. Ainsi, j'ai eu le sentiment d'être devenu l'oreille de Li Mei, et de partager ses nuits, leurs longueurs, leurs pâleurs, leurs inquiétudes. Je cale mon crâne dans le coin du mur, là où elle a si souvent posé sa tête, je pousse avec mes pieds le bas du lit, une simple barre de bois, et je m'étire. Je suis avec elle. Souvent, resté à Fushun, dans le petit appartement que nous partageons avec mon père, là où nous vivions avec maman avant qu'elle parte, je m'occupais ainsi à rêver aux bruits de la nuit de Paris, je pensais à maman, dans son lit, je regardais la montre, et je me couchais dans la journée pour m'endormir en même temps qu'elle, pour rattraper les sept heures de décalage. Ce n'était pas simple, mais cela me faisait du bien, cela calmait mes angoisses, Li Mei me manquait moins alors, j'avais l'impression que nous vivions en harmonie avec elle, et il s'en fallait de peu pour qu'au réveil, je prépare le thé pour elle, je le verse dans son bol préféré, resté sur l'étagère et que nous n'osions toucher, mon père et moi, les deux maladroits de service, de peur de le casser.

Thomas Schwartz parle avec un employé de l'Institut médico-légal et me désigne comme le fils de la défunte. Il y a là également un officier de police, très doux, certainement spécialisé dans ce genre de cérémonie, faisant preuve d'une empathie très professionnelle à l'égard des familles venues reconnaître leurs morts ou ce qu'il en reste après les ravages d'un accident, d'un incendie, d'un crime atroce ou simplement de la pourriture qui ronge les corps. Tous ces gens-là, faute de pouvoir s'adresser à moi dans ma langue, me font le geste de patienter, avec la paume de la main, comme si j'étais pressé, comme s'il y avait urgence à calmer quelque ardeur. Non, cette affaire-là mérite de durer, je suis pleinement d'accord, j'en ai besoin pour moi-même, c'est l'ultime formalité, le fils vient reconnaître la mère, vingt ans après que la mère a reconnu le fils sortant de son ventre. C'est le moment que j'ai redouté si souvent depuis qu'elle est partie. Parfois la nuit, à Fushun, je me réveillais en sueur, je prenais le bras de mon père sur le lit que nous partagions et je criais «Maman, maman est morte». J'étais en larmes, mon père me disait qu'elle était simplement ailleurs, c'était son choix de nous avoir quittés mais il fallait qu'on en souffre chaque jour, chaque nuit, c'était injuste, nous nous débattions dans le chômage, la pollution et les maladies qui vont avec, la pénurie, la honte sociale alors qu'à Paris, il y avait des magasins, des défilés de mode, du champagne et des bons restaurants. Mon père exagérait bien sûr et il le savait, il buvait tant et tant à l'époque, il était ivre tout le temps, l'alcool blanc, mais il avait besoin, parfois, d'exploser, quand il ne dormait pas, quand il ne buvait plus.

Mon père, en cachette, s'était d'ailleurs mis à lire des ouvrages interdits. Je me souviens une nuit d'avoir retiré sous son bras alors qu'il s'était endormi, les lèvres baignées d'alcool de riz, un petit opuscule signé du Dalaï-Lama, *Du bonheur de vivre et de mourir en paix*. Il avait souligné un passage que j'ai retenu par cœur : « Dans certains cas, des gens se marient, mais sont obligés de travailler à l'étranger, ou alors, comme nous les Tibétains, ils quittent leur pays et deviennent des réfugiés. Être séparé des siens est source de grande souffrance. Ils gardent le contact seulement par téléphone ou par lettres. Ces gens commencent par vouloir améliorer leur condition, mais se séparer des siens durant de longues périodes, c'est un peu comme se vendre en servitude. » J'ai voulu lire ce texte à maman quand elle a appelé la semaine suivante, mais cela a fait un drame, elle a très mal pris la chose, m'en a voulu, a demandé à parler à mon père, lui a violemment reproché de mettre entre mes mains de pareilles lectures, décidément il ne changeait pas, il était moins que rien, il ne se rendait pas compte, elle savait une fois encore pourquoi elle était partie, et avec un tel comportement, elle ne serait pas de retour de sitôt. Ce jour-là, à travers le combiné, elle criait tant que j'ai enfin compris que mes parents ne s'entendaient plus depuis longtemps, depuis la naissance de leur fils unique, moi, Fan Wen Dong pour l'état civil, et que ma mère n'était pas heureuse à Fushun avec cet homme qui ne l'aimait pas.

Nous attendons une dizaine de minutes, dans le corridor de l'Institut médico-légal, de la musique glisse dans des haut-parleurs, une mélodie classique, du violon, qui me rappelle un peu les morceaux d'erhu, cette vielle chinoise à deux cordes, et puis des gens entrent, sortent, du passage, de l'animation, des visages ravagés, creusés par les larmes, des visages sur lesquels on voit, comme sur le suaire de Turin, le reflet de leurs morts. Les chambres froides confessent leur secret, les identités se découvrent peu à peu, les cadavres impriment leurs marques cruelles dans les actes d'état civil. Vient alors notre tour, quand les autres ont épuisé leurs douleurs. Maman a été tirée de son casier réfrigérant, placée au centre de l'attention. Nous entrons, Thomas et moi, l'officier de police et l'employé de l'Institut juste derrière, très près, ça m'aide considérablement à ne pas tourner casaque, à faire les derniers pas, je n'y arriverais pas de moi-même, c'est un rendez-vous avec ma propre mort, mes pieds qui flanchent, mes jambes aussi, mais je tiens bon, j'ai hâte de la retrouver, de lui parler, j'ai tant à lui dire, je me poste donc derrière une vitre et je regarde dans les yeux, sans pleurer, maman qui est là, maman qui est immensément là.

8

Tu étais vraiment celle
à qui je pensais

En voyant ce matin le corps de maman, dans son écrin blanc de soie ordinaire, derrière la vitre, je pense à ma visite au mausolée de Mao, il y a deux jours à Pékin, au cercueil de cryolithe, à ce corps sacré recouvert d'un drapeau rouge, à ce corps embaumé. Je songe à nos coutumes chinoises de conservation des corps, je me dis que c'est bien ainsi, un corps préservé de la corruption, de la dégradation, c'est comme le sommeil, comme la sagesse, comme le repos suprême, le méritant qui a atteint le quatrième stade de la délivrance, la voie à travers laquelle passions et erreurs sont derrière nous, le nirvana, tout simplement, l'extinction complète, le dépassement de toute douleur. Sur le visage de maman, je reconnais cette petite touffe de poils entre les sourcils, qu'elle n'épilait jamais parce que c'était l'*ûrnâ*, la laine, l'une des marques de l'homme éminent. Rien qu'avec cela, je sais que c'est Li Mei, Li Mei ma mère, qui se trouve derrière la vitre, elle et pas une autre, qu'elle est là, conservée depuis trop longtemps, comme Mao, comme les personnes d'importance.

Je n'ai pas vu Li Mei depuis cinq ans, après ce long voyage, cette séparation violente. Avant d'accepter, de considérer cet état et de reconnaître la morte, je retrouve d'abord ma mère et cela me fait un bien immense. Je suis là, elle est là, nous sommes tous deux au rendez-vous, nous nous sommes retrouvés. Rien ne remplace la présence du corps, la réalité de cette présence. Ce corps-là est bien le sien, comme ce visage, et en eux, je retrouve ma chair, ma souche, mais surtout la personne que j'ai connue, avec qui j'ai grandi, celle qui m'a élevé, ne m'a jamais quitté une seconde jusqu'à ce départ fatal et qui m'a si bien aimé. J'ai été séparé de cette partie de moi, de cette silhouette que j'admirais, qui est ma mère, c'est-à-dire tout ce qui m'importe, car je n'aime pas vraiment mon père, il ne comptait déjà guère à mes yeux avant la fuite de ma mère. Après, ce fut un peu différent, je l'ai plaint, nous étions tous les deux abandonnés par la même femme, donc solidaires, mais très vite je me suis mis à penser que maman était partie à cause de lui. Cette ambivalence de sentiments m'a été difficile à vivre, et seule son arrestation pour son appartenance au Falungong lui a valu un peu de mon estime.

Devant le corps de maman, il me faut accepter l'évidence que je suis devenu un adulte. Pour la première fois, je ne suis plus l'enfant face à sa mère, mais véritablement celui qui peut tout dire, sans jamais être repris, interrompu. Je veux lui parler de moi, de celui que je suis devenu, de toutes ces années que nous avons passées ensemble, de ce qu'elle ignore de moi, de ces cinq ans que nous n'avons pas partagés, de ce que j'ai ressenti après son départ, de ma solitude, de mes souffrances et du manque terrible d'elle. Je veux lui parler de choses simples, des trois femmes avec lesquelles j'ai fait l'amour depuis que je sais ce que c'est, de la première, une prostituée, de la deuxième, une femme mariée et de la troisième, la fille d'un gardien de police. Je veux aussi lui parler de mon goût des animaux domestiques, de mon envie d'avoir un oiseau à la maison. Je sais que je la vois pour la dernière fois, je dois m'efforcer de ne pas pleurer. Enfin, je peux la regarder sans qu'elle me force à baisser les yeux, je suis devant elle, je tourne autour d'elle, je l'observe de près, visage

contre visage, à travers une vitre, comme jamais
je n'ai songé à le faire, elle ne se dérobe pas,
elle est sereine, elle sent peut-être que je suis
là, enfin arrivé, qu'elle n'est plus seule. Je me
concentre sur chaque partie de son corps, les
cheveux, le visage, la peau, les mains croisées,
j'imprime en moi chaque détail, pour toujours.
Je détaille les tissus, le grain de la peau, les lèvres
un peu entrouvertes, charnues toujours, les paupières très larges, la masse des cheveux qui paraît
si vivante. Je suis le dernier témoin de ce corps,
je sais qu'il va s'évanouir dans la nuit des
flammes. Tout ce que je vois, je l'éternise ; tout
ce que je scrute, je le mémorise.

Au bout d'un long quart d'heure, comme je
ne bouge pas, je comprends qu'on glisse derrière
moi une chaise. Je m'assois et j'en profite alors
pour prendre la terre à témoin, *bhûmisparça
mudrâ*, en laissant tomber ma main droite vers
le sol, les doigts tendus, le corps parfaitement
imperturbable. Je mesure l'impermanence du
monde, des choses composées, c'est si douloureux, même si je me suis préparé à ce moment
depuis des années. Li Mei a rejoint le monde
des formes, que seuls les dieux aux corps éthérés
savent décrire entre deux méditations qui n'en
finissent jamais de finir. L'état de veille du
corps-esprit, magique et subtil, le corps de vérité

d'abord, fait de chair, de sang et d'os, le corps de béatitude ensuite, le corps d'émanation enfin.

Li Mei ne sourit pas. Elle a un teint d'or et une peau fine, les yeux clos, les mains posées sur la paume dans la boîte en bois clair toute simple qui lui sert de cercueil ouvert. J'interroge le fils en moi : « Quelle est cette femme ? — C'est une morte, c'est ta mère. — Qu'appelle-t-on une morte ? — Son souffle a cessé, son esprit s'en est allé, elle n'a plus connaissance de rien, elle a abandonné son village vide, elle est à jamais séparée de ses parents. — Echapperai-je moi-même à ce sort ? — Pas encore. » Je continue de fixer le corps de maman, j'admire ces petits pieds pris dans la soie des chaussons dorés, cette robe étroite, d'un vieux rose, dans laquelle elle a été habillée pour me recevoir. Il me semble qu'elle a maigri pendant toutes ces années, je ne distingue plus de rondeurs, plus de hanches, ni même de seins, le corps à dire vrai est dépouillé de toute sensualité : tout, jusqu'aux mains allongées de part et d'autre, mène au cou, aux épaules, au visage en vérité, à cette expression de très grande concentration, de très grande mansuétude. C'est la mort, tout simplement, cette expression essentielle. Et derrière ce visage, derrière ces lèvres, il y a tant de pensées, de mots, de sagesse vécue et exprimée, tant d'amour. Une telle autorité ! Je crois l'entendre parler, sous la voûte de cette crypte qui résonne, l'entendre dire sa phrase favorite, qu'elle nous répétait souvent au téléphone quand elle nous appelait de Paris, une maxime tibétaine, prétendait-elle : « il n'y a point de chemin vers le bonheur ; le bonheur est le chemin. »

J'ai envie de méditer, loin de la cohue et de la bousculade des villes, un bol à aumônes en argile dans les mains, de rester droit comme un bâton d'encens, de me consumer dressé, sous la lumière de la lune. Il fallait vraiment que je revoie maman une dernière fois pour que son esprit puisse partir en paix, il le fallait mais je dois reconnaître que devant elle, mon cerveau se vide.

Li Mei n'a pas changé. Elle est toujours aussi belle. Seule sa coupe de cheveux témoigne de son séjour parisien, une taille plus courte, une coiffure plus dense qui couvre à peine les oreilles, dégage le front. Il ne manque qu'un détail pour que maman soit maman, c'est son bracelet en jade. Une pierre dure, difficile à travailler dans laquelle mon père lui a fait tailler, à ma naissance, un bracelet, un bijou froid, d'un vert translucide. L'artisan lui a promis l'immortalité à la condition qu'elle ne s'en sépare jamais. Je me dis cela, quand le toussotement de l'employé de l'Institut médico-légal me rappelle à mes devoirs. Je me retourne et je vois qu'il me questionne du regard. « Est-ce bien votre maman ? » Je dis : « Oui », en français et en chinois, l'employé s'adresse à l'officier de police qui en prend bonne note sur un carnet. Nous ne sommes plus seuls, Liu Ping nous a rejoints et elle me demande si j'ai bien reconnu maman, formellement. Si c'est le cas, il faut que je signe la reconnaissance en bas de la page du procès-verbal. Le fils reconnaît la mère, c'est le monde à l'envers, c'est ainsi pourtant, il faut s'exécuter. Je signe donc.

En sortant, j'aperçois Thomas Schwartz qui pleure et se mord les lèvres pour ne pas faire de bruit. Pourtant je l'entends, j'entends les perles de son mala, un chapelet bouddhique qu'il n'a cessé d'égrener en murmurant des prières. Quand nos regards se croisent enfin, mes yeux qui n'ont pas pleuré, les siens rouges et humides, je vois qu'il est bouleversé, profondément atteint, je suis frappé par la douceur extraordinaire qui émane de lui, par toute la tendresse de son regard, un regard de père. Je vais vers lui, suivi de Liu Ping, je lui prends les mains, il se jette contre ma poitrine, avec un grand hoquet qui l'empêche de respirer, il m'embrasse, me dit que ma mère était une très belle femme et que je lui ressemble.

9

Abandonné est celui qui tourne le dos à son pays natal

A peine sortis avec Liu Ping et Thomas Schwartz, nous allons boire du thé tant il fait froid après ces éprouvantes retrouvailles. Nous traversons la Seine, la lumière est belle, le long des quais, un grand ciel bleu éclatant, je retrouve, page après page, chaque photo du guide touristique reçu à Fushun, l'Institut du monde arabe, Notre-Dame, je marche seul, devant, songeant à ce qui va arriver maintenant à maman. Je suis heureux de pouvoir continuer mon exploration de Paris, de m'aérer le cerveau après ce moment avec Li Mei. Nous arrivons sur une petite place remplie d'étudiants et nous poussons la porte de la *Maison des Trois Thés*, un endroit assez élégant. Autour d'un rituel de *gong fu cha*, nous testons trois ou quatre thés verts, en croquant des prunes confites. Je parle de mes lectures, je leur dis que j'ai commencé le deuxième chapitre de *l'Histoire des Trois Royaumes*. Je me garde bien de leur parler de mon échappée dans la ville l'autre nuit, de mon accident et de ma rencontre avec une Audi noire et sa mystérieuse conductrice. Et quand je sors de ma poche l'écharpe blanche pour soutenir mon bras gauche qui me fait atrocement mal, j'invente, avec une aisance qui m'étonne moi-même, une contracture ancienne, attrapée à Fushun, quelques jours avant le départ.

Liu et Thomas me détaillent la suite du programme pour les quatre jours de mon séjour à Paris. Le permis d'inhumer a été accordé, on a acquitté la taxe de dépôt du corps et les frais de mise en bière, il faut maintenant passer à la mairie de Belleville pour obtenir une autorisation de fermeture du cercueil, puis l'incinération, et la cérémonie au crématorium du Père-Lachaise. Je suis venu pour cela, pour rapporter les cendres de ma mère, c'est essentiel pour moi, pour les miens, telle est la tradition en Chine : ne jamais laisser le corps des ancêtres vagabonder, l'esprit qui vaque risquant d'interrompre pour toujours la lignée, de faire un trou dans la généalogie, de briser la mémoire d'une famille. Si je n'étais pas venu, si personne n'avait reconnu, réclamé et salué le corps de Li Mei, elle aurait probablement été enterrée à Thiais, dans ce cimetière du Val-de-Marne, dans le carré des indigents, dont la description par Thomas a de quoi effrayer le plus ingrat des enfants. Cela n'arrive donc pas qu'avec les sans-papiers, nécessairement isolés à Paris. Mon nouvel ami connaît son dossier sur le bout des doigts. L'été 2003, lors de la grande canicule en France, des centaines de personnes, dépourvues de famille, ont été inhumées là. Thomas est sans indulgence pour le gouvernement d'alors, comme pour l'actuel. Honte à ce pays d'avoir laissé mourir ses vieux, sans assistance ! Li Mei, finalement, je dois en convenir, a été traitée comme il se doit. Enfin, une fois morte !

Dès lors que j'ai reconnu le corps, tout va aller très vite, nous sommes mardi, l'incinération aura lieu jeudi à dix-sept heures, le temps d'accomplir les dernières formalités, de prévenir les gens, la première adjointe du Maire de Paris a manifesté son désir d'être là et de prendre en charge les frais. Puisque j'ai souhaité une cérémonie bouddhiste, des prières, des chants, même si Li Mei ne pratiquait pas, Thomas, qui s'est récemment converti, va demander à l'autel de culte de Bouddha ou au centre Teochew de méditation bouddhique de prévoir un accompagnement religieux. Et si tout va bien, je pourrai repartir avec l'urne vendredi ou samedi. Il faut aussi récupérer les effets personnels de Li Mei, dès clôture de l'enquête et ceci doit se faire avec la Préfecture de Police et ses fonctionnaires. J'y tiens beaucoup. J'insiste. Ses affaires ont été saisies, on me les doit, je suis son seul héritier direct, aujourd'hui. J'imagine bien qu'on découvrira quelques indices de sa vie à Paris. J'espère surtout qu'on trouvera son bracelet de jade, son fétiche. Thomas connaît les fonctionnaires de police en question, il les a déjà eus plus d'une fois au téléphone, ce n'est pas simple car ils se croient tout-puissants, mais il sait comment les prendre, avec quels arguments, sur quel ton.

Et puis, il y a aussi, et c'est très important aux yeux de Thomas Schwartz, toutes les demandes des journalistes qui veulent recueillir mon témoignage, reconstituer le drame, venir filmer l'immeuble du 41 boulevard de la Villette et l'intérieur de la chambre... C'est important pour maman et pour moi, mais Thomas dit surtout que jamais ne doit se reproduire ce qui s'est passé ce 21 septembre. Pour être franc, je dis qu'il a raison, sans totalement y croire, qu'il faut que la mort de maman serve d'exemple, et qu'il peut compter sur moi. Je suis l'obligé de Thomas, ne serait-ce que pour le remercier d'avoir payé, avec son argent personnel, le prix de mon billet et mes dépenses à Paris, je suis l'obligé de Liu Ping et de tous ces gens extraordinaires qui se mobilisent pour maman. Mais, comme on ne peut satisfaire à toutes les demandes, Thomas me soumet l'idée d'une conférence de presse qui pourrait se tenir demain au siège de l'association et nourrir les journaux télévisés au-delà des images de la cérémonie. Une manifestation est également prévue au métro Belleville le même jour à dix-neuf heures pour les sans-papiers, une action en faveur de Li Mei sera annoncée. Je demande si nous arriverons à tout faire en si peu de temps, d'autant que je me sens un peu handicapé avec ce muscle froissé du bras gauche. Thomas me regarde avec douceur et me répond que je peux rester plus longtemps à Paris, on m'y soignera très bien si la douleur au bras persiste, je peux habiter chez lui, il s'arrangera pour le visa. Il évoque même la possibilité de me donner un petit travail, quelques semaines, dans le cadre de l'association, en liaison avec les Chinois de Paris. Je n'en ai nullement envie, ni de ce tra-vail, ni de cette ville sans maman, je ne rêve que de retourner à Fushun avec l'urne et les cendres, de retrouver mes animaux domestiques, mais par politesse, je fais l'intéressé, ouvrant la bouche en grand, poussant des soupirs, m'abritant derrière un cortège de *sié-sié*.

Régulièrement pendant cet échange, Thomas me sert du thé et chaque fois, il repose la théière, le bec tourné vers moi. Comme je suis superstitieux, je la déplace d'un quart de tour en m'amusant de notre jeu. Je suis surtout fasciné par la manière dont cet homme, bouddhiste de fraîche date, ne se sépare jamais de son rosaire, ce mala qu'il a enroulé autour de son poignet et qui lui sert probablement de support tactile à la récitation de mantras autant qu'à occuper ses doigts pour arrêter le tabac… Tous les malas sont constitués de cent huit grains même si le tour se limite en général à en égrener cent, les huit autres étant considérés comme de possibles erreurs. Dès que nous l'abandonnons, Liu Ping et moi, pour parler chinois, Thomas égrène de la main gauche ce chapelet, glissant les grains sur l'index à l'aide du pouce, les attirant contre lui. Bien que n'ayant jamais utilisé ce type de rosaire, je sais que c'est une façon de dire que l'on extrait les êtres de leur souffrance. A la manière dont il me regarde avec tendresse, j'imagine bien que Thomas songe à ce moment à Li Mei.

Thomas s'emporte contre la politique de son pays, le quota d'expulsions que s'est fixé le

Président, les quotas professionnels et géographiques qui s'annoncent et la panique qui a saisi les sans-papiers. Le quotidien devient de plus en plus difficile à Belleville comme dans tous les quartiers où vivent tant bien que mal les immigrés. Liu Ping me parle de la situation des Chinois de France, majoritairement venus de Wenzhou, une ville à quatre cents kilomètres au sud de Shanghai. C'est l'émigration la plus ancienne, arrivée en France pour travailler dans des ateliers de confection, gagner un peu d'argent à envoyer au pays. Dix heures par jour pour coudre plus de quarante pantalons. Des laissés-pour-compte de la révolution économique chinoise qui ont fui le pays. Ils se sont installés très tôt dans le treizième arrondissement et ont, pour la plupart, appris le français. On les trouve essentiellement dans le triangle d'or, entre l'avenue d'Ivry, l'avenue de Choisy et le boulevard Masséna, dans les Olympiades, ces fameuses tours, avec salons de beauté, restaurants, épiceries, cinémas et probables bordels. 50 000 clandestins chinois vivraient aujourd'hui en France, dont les deux tiers à Paris. Si l'on ajoute les quelque 400 000 Chinois ayant déjà acquis la nationalité française, dont 250 000 en Ile-de-France, on s'aperçoit que la Chine ne compte pas pour rien en France. Thomas soupire avec gravité. Nous l'écoutons. Il a cessé d'égrener le mala. Depuis quelques mois, les contrôles se sont considérablement renforcés, les policiers patrouillent dans les quartiers, le métro, les magasins parfois. Thomas est très en verve, le ton monte, on reconnaît le militant des droits de l'homme, l'infatigable professeur, l'écrivain polémiste…

— J'ai décidé, il y a deux ans, de changer de vie. Je n'en pouvais plus de traîner dans les beaux quartiers, avec des gens convenables, pour dîner entre nous et parler de rien, de nous. Alors j'ai tout quitté, ma femme, mon appartement, le parti socialiste à l'heure où tant le rejoignaient pour la présidentielle, bon nombre d'amis ou de relations. J'ai rencontré Mathieu Ricard, je suis devenu bouddhiste, bouddhiste tibétain comme de nombreux nouveaux adeptes en France. Proche de Kalou Rinpoché, du Véhicule du Diamant, si vous vous y connaissez un peu. La misère du monde, si près de moi, si près de nous, m'est devenue insupportable. Le reste m'est apparu dérisoire. Comme je connaissais bien le quartier pour y avoir vécu avant mon mariage, j'ai proposé mes services à une association qui s'occupait de sans-papiers et d'alphabétisation à Belleville. Des Chinois principalement. Nous faisons tout. De la domiciliation de courrier, de l'assistance scolaire, linguistique, administrative, juridique. Au début, nous avons eu quelques difficultés avec la mafia, les triades et leur trafic dans les entreprises de confection et de restauration… Puis, j'en suis devenu le président, pour aider, peser auprès de l'administration française, ils connaissent mon nom, mes livres aussi…

Liu Ping, elle, est arrivée de Chine il y a dix ans. On lui a avancé les frais de déplacement de Wenzhou jusqu'en France, plus de 50 000 francs à l'époque, elle a travaillé quinze heures par jour dans des commerces illégaux pour rembourser. Elle a été régularisée, grâce à un député qui voulait la séduire, elle se voue désormais entièrement à l'association, au côté de Thomas.

— J'ai enfin cessé de fabriquer des raviolis à la crevette dans le garage d'un pavillon de Clamart !

Thomas abandonne de nouveau quelques instants son chapelet autour du poignet gauche. Pendant que Liu Ping traduit sa propre phrase en français, il me ressert du thé, boit lentement dans sa tasse et reprend le cours de son exposé tout en me regardant intensément.

— La situation des Chinois est d'autant plus dramatique qu'on en parle peu et qu'eux-mêmes sont très discrets, pour ne pas dire mutiques. Une véritable omerta. Vous les Chinois, vous êtes les plus nombreux dans la zone d'attente de Roissy, là où sont maintenus les sans-papiers interceptés à leur descente d'avion. Vous représentez un tiers des reconduites d'étrangers non admis, après arrêté préfectoral de reconduite à la frontière. Quant au coût d'entrée dans la zone Schengen, les prix du ticket de passage à partir de Pékin flambent. On atteint facilement 20 000 euros. Les visas français sont très difficiles à obtenir en Chine, les mafias disposent aujourd'hui de relais en Turquie, en Pologne, en ex-Yougoslavie, en Bulgarie, en Russie…

Au bout d'une heure, j'en ai assez d'entendre parler de trafic de drogue, d'héroïne et d'amphétamines, de racket, d'enlèvements, de séquestration, de vols à main armée, de contrefaçons et de blanchiment d'argent, j'en ai assez de déguster toutes sortes de thés, ruineux, des jaunes, des blancs, des semi-fermentés, des bleu-vert, des rouges et des noirs. Je mets ma main sur celle de Thomas pour le faire taire. Il a l'air surpris, tant son propos lui paraît éclairant, politiquement inattaquable, moralement irréprochable. Liu Ping comprend qu'elle doit traduire, mot à mot.

— Tout ceci me fatigue! A un point que vous ne pouvez pas imaginer. Ces histoires, c'est si loin de ma mère. Et puis, je connais Li Mei, j'ai compris à sa voix quand elle m'appelait qu'il y avait autre chose. Notamment quand elle a demandé à papa le divorce, il y a un an. Elle paraissait impatiente d'être libre. Ou d'appartenir à un autre !

— Un autre ? D'où tenez-vous que Li Mei avait quelqu'un dans sa vie ? s'indigne Thomas, qui tressaille de tout son corps. Elle n'est plus là pour en parler. Paix à son âme !

C'est peut-être le point de vue de Thomas Schwartz, ce n'est vraiment pas le mien et je le lui dis. Quelque chose m'échappe dans cette histoire, un mystère que je veux élucider avant de quitter la France. Qui va bien pouvoir me parler de la vie de Li Mei ? Je devine que quelqu'un a veillé sur elle. Je connais ma mère, son besoin d'homme, de protection, je sais qu'elle ne serait pas restée en France, sans cette *présence-là*. Mais pourquoi diable, qui que soit cet homme, ne l'a-t-il pas sauvée d'elle-même ?

10

Ces barbares de Qing
ne sont pas de mon pays

Je me suis réveillée un peu après sept heures et demie, ce qui est tard pour moi, surtout en semaine, j'ai affreusement mal à la gorge, à cause des cigarettes certainement, j'avale un bol de café brûlant, je me douche et m'habille, puis je descends en quatrième vitesse de la maison, la voiture me transporte de l'autre côté de Saint-Germain, je rejoins Malika qui m'attend dans la salle de projection pour choisir les ultimes rushes du portrait de Marguerite Duras.

Malika Mokhtar est une de mes meilleures amies. C'est aussi avec elle que j'ai fait mes derniers films, une complice presque sœur, dans le travail comme dans la vie, je ne connais pas de meilleure fouineuse d'archives, de documents, de témoignages inédits. Rien ne lui résiste. Tout, pourtant, nous sépare. Elle est aussi brune que je suis blonde, petite et ronde alors que je suis grande et mince. Je suis une bourgeoise originaire de Levallois-Perret, n'en déplaise à Dieu ou à mon ex-mari, fils d'un Juif communiste, les Latour sont des enseignants des beaux quartiers depuis deux générations ; Malika est née de parents libanais, au Mirail, un quartier réputé sensible de Toulouse. Elle vote Besancenot quand j'hésite entre le centre droit et la gauche molle, elle lit plutôt Fred Vargas que Nathalie Sarraute, écoute Diam's de préférence à Martha Argerich. A part ça, nous nous ressemblons, nous sommes des écorchées vives, nous avons le même âge, trente-neuf ans, pas encore le chiffre fatidique, toutes les deux divorcées sans l'avoir vraiment choisi, c'est-à-dire carrément lâchées par nos compagnons, pas d'enfants, ni d'amour déclaré ou en attente. Je crois bien d'ailleurs que Malika, sans le dire, mais pas sans le faire, préfère les femmes. Je l'attire, j'en suis certaine, je lui plais, elle n'arrête pas de regarder mes seins, mes bras quand nous sommes ensemble. C'est bien ainsi, dans le non-dit, cela n'est pas déplaisant d'être regardée, même par une femme, cette relation, ce désir, cette tension. Ça fait maintenant quinze ans que je la connais, elle ne m'en a rien confessé, mais je vois bien qu'elle n'accroche avec aucun homme, aucun de ceux qui passent dans sa vie, et que toutes ses histoires sentimentales sont vouées à l'échec. Alors, elle travaille et travaille encore.

A Malika, j'ai dit toute la vérité, ou presque. Que j'ai passé une partie de la nuit à trimbaler d'un trottoir à un hôpital et d'un hôpital à un immeuble de Belleville un jeune ressortissant de la Chine du Nord entré dans mon histoire avec Duras, par effraction géographique. Et que je ne sais pas pourquoi j'ai si peu dormi ensuite, ni pourquoi avant d'aller au montage avec elle, ce matin, j'ai acheté un paquet de Chesterfield, celles de mon ex-mari. La cigarette que Fan Wen Dong m'a tendue dans la voiture a ranimé en moi le goût du tabac, la passion de la nicotine à une époque où tant de nos contemporains font le chemin inverse. Comble d'impudeur, le visiteur impromptu est né à Fushun, l'ancienne Fou-Chouen. C'est vrai aussi qu'un autre trouble m'a saisie, la veille au soir, avant que je prenne l'Audi pour aller chez des amis et que je renverse Wen Dong. Je suis en effet passée rue de Fleurus en sortant du studio de montage, j'ai ouvert mon courrier en me faisant un café, je suis tombée sur une enveloppe adressée à mon ex-mari, une correspondance d'un laboratoire d'analyses qui n'a manifestement pas enregistré sa nouvelle adresse. J'ai été intriguée par cette lettre et malgré le sentiment de mal faire, de violer le secret médical, je l'ai ouverte. C'était le résultat d'un spermogramme. Quinze lignes de lettres et de chiffres, au maximum. Et une conclusion, accompagnée d'un reçu des sommes réglées.

Lieu d'émission : laboratoire
Délai d'abstinence : 3 jours
Volume sperme : 2,5 ml
Viscosité : normale
Spermatozoïdes : 0,00
Nombre total : 0,0
Conclusion : azoospermie vérifiée.

Malika comprend sur-le-champ ce que tout cela signifie. Si je n'ai pas d'enfants, si je n'en ai pas eu avec mon mari, c'est bien parce qu'il était victime d'*azoospermie vérifiée*, c'est-à-dire qu'il est stérile, un point c'est tout. *Stérile*, le mot déplaît farouchement à ces messieurs. Malika a été infirmière à Toulouse, à l'hôpital Purpan, avant de se diriger vers l'assistanat de production. Elle récite son Larousse médical : « L'azoospermie est une absence totale de spermatozoïdes dans le sperme. Cette azoospermie peut être soit excrétoire, c'est-à-dire due à une obstruction quelconque sur les canaux transportant le sperme, soit sécrétoire, c'est-à-dire due à un problème de formation des spermatozoïdes. Il n'existe pas de traitement de l'azoospermie sécrétoire. » Je vacille et pourtant je suis soulagée. Mon ex-mari était si sûr de son fait ! Il a toujours nié être empêché, a prétendu avoir mis enceintes plusieurs femmes avant moi et il a régulièrement renvoyé la responsabilité de ce mariage sans enfants à ma propre infertilité. Je me suis résignée à l'idée que je devais y être pour quelque chose et comme j'ai toujours été fidèle à mon mari, même si nous ne faisions presque plus l'amour sur la fin, je ne risquais pas d'être fécondée par d'autres hommes que lui.

Avec le producteur et les responsables d'Arte, nous avons longuement regardé la première version du film. Les séquences d'Indochine sont réussies, la végétation luxuriante dans les rues de Saigon, les villas coloniales, la forêt et le fleuve à Vinh Long, les rives du Mékong, les tamariniers et les cocotiers de Sadec, la façade de l'ancien lycée Chasseloup-Laubat, la voix cassée et envoûtante de l'écrivain, cet entretien dans lequel elle parle avec tant d'amour de Paul, son petit frère adoré… Cet autre au cours duquel elle évoque Lol Valérie Stein, cette histoire de bicyclette érotisée par le corps d'Anne-Marie Stretter, ce moment extraordinaire de vérité et de tristesse quand elle dit n'avoir pas voulu terminer le tournage d'*India Song*, qu'elle ne s'est pas remise de l'avoir déjà fini. Tous ces extraits des courts-métrages, *Césarée, les Mains négatives,* les deux *Aurélia Steiner* (Melbourne, puis Vancouver). Depuis que nous avons lancé des pistes, Sami Frey, Gérard Depardieu, Mathieu Carrière, Bulle Ogier et Dominique Sanda ont accepté de témoigner. Alain Resnais et Peter Handke, également, pour parler de leurs adaptations de l'œuvre de Duras. Mais le film est déjà beaucoup trop long, je me suis résolue à supprimer une séquence à laquelle je tiens pourtant beaucoup, Duras dans sa cuisine, rue Saint-Benoît, préparant du café… Malgré tout, je suis satisfaite et mes commanditaires également car le portrait semble juste, paradoxal comme l'est cette femme parée de masques, de vérités successives, habitée d'une foi intense en ses mensonges.

A la fin du visionnage, je dis à Malika que j'ai rendez-vous avec Wen Dong, sans savoir pourquoi, mais c'est dit, probablement pour l'impressionner et aussi pour m'empêcher de trop penser à cette histoire d'azoospermie. Il faut bien que je me rende à ce rendez-vous imaginaire auquel personne ne m'attend. Je vais donc à Belleville, je gare ma voiture dans la contre-allée, au début du boulevard de la Villette et je marche, cigarette aux lèvres, un peu nerveuse, jusque devant l'immeuble où j'ai raccompagné le jeune homme le matin même.

C'est jour de marché sur le terre-plein central du boulevard, les squelettes métalliques des échoppes ont revêtu leurs habits de toile plastifiée, remplaçant les jeunes prostituées chinoises, la vie est là, toutes les couleurs du monde sous le soleil éclatant de l'hiver de Paris, ce devrait être gai, vivant, mais il y règne une certaine lourdeur, comme si tout était clandestin, se vendait sous cape, dans la peur du policier, du contrôle. Oui, c'est la peur qui habite ce marché où l'Afrique, l'Asie, les Caraïbes font profil bas, s'interdisent de parler autrement qu'en murmurant, glissent à la sauvette dans un cabas un fruit d'ailleurs, un morceau de chez eux. Car on vend de tout sur les étals, des fruits, des légumes, des épices, de la viande, des abats, des poudres médicamenteuses ou supposées l'être, des chaussettes et des sous-vêtements à bas prix, de la coutellerie, des boubous et des réveils en plastique. Sur le boulevard, les boutiques de confection alternent avec des gargotes chinoises ou vietnamiennes, des marchands de paraboles ou des enseignes de téléphone à distance pour le Maghreb, l'Afrique subsaharienne, la Chine ou le Brésil.

La porte du 41 s'ouvre sans code, je croise un jeune couple de Chinois avec un bébé dans une poussette, je leur demande s'ils connaissent Wen Dong. Je ne crois même pas qu'ils comprennent le français. Ils ont peur, s'imaginent peut-être que je renseigne la police. Je cherche le nom sur les boîtes aux lettres, mais tout ou presque est écrit en chinois, je ne vais jamais y arriver, sauf à faire le guet dehors. En sortant de l'immeuble, j'entre dans la première boutique à gauche, un magasin tout en longueur qui propose de la confection en gros, des tissus en rouleaux et toutes sortes de gadgets plus ou moins décoratifs pour le goût oriental, arabe essentiellement, mais avec des produits estampillés Made in China. Je cherche sur les tables, à l'intérieur, un foulard, fais mine de m'intéresser à des tuniques brodées. La vendeuse, une jeune femme qui paraît tourmentée, s'approche de moi :

— Vous êtes journaliste, vous aussi ?

— En quelque sorte. Je fais des films. Mais en quoi ça vous intéresse, si je puis me permettre ?

— Vous venez, vous aussi, j'imagine, pour Li Mei !

Samia est une belle femme, probablement originaire du Maghreb, si j'en juge l'accent. Mais son visage semble ravagé ce matin. Un cendrier, près de la caisse, témoigne qu'elle doit fumer à plein régime dès que la boutique se vide de ses clients. Ses doigts fortement jaunis confirment l'hypothèse. Elle tremble de tout son corps.

— Si vous voulez fumer, ça ne me gêne pas ! Au contraire !

Je lui tends mon paquet de Chesterfield, lui en allume une, en prends une autre. Nous nous détendons, elle me dévisage avec étonnement et peu à peu s'habitue à moi, je crois même que je la rassure. Je suis bien dans cette boutique, cela me permet d'observer la rue, du fond d'un magasin, voir passer les gens sur le trottoir, en profiter pour guetter une éventuelle arrivée de la police. Je regarde quelques tissus, traîne derrière les comptoirs ; elle tire sur sa cigarette avec soulagement. Cette histoire de Li Mei me revient peu à peu à l'esprit. Une affaire qui a fait du bruit, il y a un ou deux mois, dans les journaux et à la télévision : cette femme chinoise d'une quarantaine d'années, se défénestrant à l'approche de la police qui venait effectuer un contrôle sans rapport avec sa situation. Je me retourne vers la jeune femme, l'interroge sur son rapport à ce drame et sa phobie des journalistes. Samia m'a déjà entraînée dehors. Nous sommes sur le trottoir. Elle me désigne, au-dessus du magasin, le premier étage du 41 boulevard de la Villette.

— Regardez ! Regardez, là, les barres en métal, celles du store sur lequel elle a glissé, la malheureuse. Il s'est déchiré sous son poids, j'étais dans la boutique avec un client, nous avons entendu un grand bruit et en sortant, je l'ai trouvée là, devant la porte, exactement, sur le trottoir, ensanglantée, presque inconsciente. J'ai pu lui dire un mot, accrocher son regard. Depuis je ne dors plus, je pense à elle.

Je détourne mon regard de l'asphalte pour ne pas avoir la tentation de chercher une trace de ce drame sur le sol, je prends le bras de Samia et nous rentrons. A l'intérieur du magasin, la toile rouge du store est pliée près de la caisse, un comptoir en bois à l'ancienne. Samia est en larmes, elle n'est pas près de se remettre de cette histoire. Elle parle, elle parle, rien ne l'arrêtera.

— C'était il y a cinq semaines, un jeudi, je me souviens très bien, vers quinze heures, le 20 septembre. Elle était là au-dessus de nous, anonyme, dans son appartement avec deux compatriotes, des sans-papiers bien sûr, comme tous ceux, ou presque, qui habitent au 41, sans parler des filles qui y travaillent.... Si vous me demandiez si je la connaissais, je vous dirais non, personne ne la connaissait, personne ne les connaît, ces femmes, ces hommes, ils n'ont plus de visage ! Ils se ressemblent tous dans la peur, la tête basse, sous la capuche, rasant les murs. Depuis trois ou quatre jours, l'alerte était rouge, c'est vrai, l'un de leurs colocataires, un Chinois de l'immeuble, avait été arrêté au métro Barbès. On n'a jamais su s'il était resté au commissariat ou au centre de rétention de Vincennes. Les Chinois de Belleville avaient peur... Li Mei était perpétuellement sur le qui-vive, comme tous les autres... Comme moi, autrefois, avant que j'obtienne mes papiers.

La suite, je m'en souviens, pour l'avoir lue dans les journaux. Une pression grandissante s'exerçait en effet sur les étrangers depuis que la politique du chiffre des reconductions à la frontière avait été annoncée. Multiplication des contrôles d'identité, interpellations collectives, retour des rafles, malaise dans la société… Samia est précise dans son récit, cette histoire, au-dessus de sa boutique, est devenue son histoire, celle de tous les pourchassés de la terre. Une méprise, un banal contrôle de police lié à un vol commis par un des colocataires, une convocation, les policiers qui n'entrent pas dans l'appartement. A travers l'œilleton, Li Mei voit les hommes en uniforme. Ils frappent, criant «Police». Li Mei est nerveuse, elle croit qu'elle va être arrêtée, renvoyée au pays comme tant d'autres depuis quelques mois. Elle ne sort plus depuis une semaine, ne va même plus au marché qu'elle aimait tant, elle mange des soupes qu'elle fait cuire avec des herbes et des œufs qu'on lui achète en face. Elle panique, file dans la minuscule cuisine, ouvre la fenêtre, enjambe le bord, jette ses chaussures dans la rue, pose le pied sur la barre du store du magasin de Samia, glisse, tombe sur la toile qui se déchire, puis se fracasse le dos contre le trottoir, un étage plus bas.

— Nous avons échangé un regard, elle avait des yeux si doux, elle paraissait désolée… Elle a poussé une sorte de soupir, quand les policiers lui ont demandé son nom. Elle est tombée tout de suite dans le coma. Le SAMU est arrivé très vite, on l'a transportée en ambulance, avec une escorte... Mais elle est morte le lendemain. Je me souviens, l'ambiance, ici, quand on a appris la nouvelle, tout le boulevard, la stupeur, puis, pour la première fois, la colère, les gens qui défilaient devant le magasin, les petits bouquets de fleurs, je crois bien que c'était la première fois que les Chinois protestaient. Depuis, on n'arrête pas d'en parler de cette histoire! J'ai des visites tous les jours...

— Des journalistes?

— Oui, des journalistes, comme ceux qui ont fait l'article, ce matin, dans *le Parisien*. Ils étaient encore là, hier, insistants, grossiers, ils voulaient que je leur présente le fils, comme si je savais tout...

— Le fils?

— Oui, le fils de la dame. Au fait, vous savez ce que ça veut dire Li Mei en chinois?

Je ne sais pas. La vendeuse est fière de me donner ma première leçon de chinois. *Li* : belle. *Mei* : fleur de prunier. Belle fleur de prunier.

— Un trop joli nom pour une malheureuse femme de quarante ans obligée de se prostituer!

— Vous êtes sûre que c'était son métier?

— Sûre, non, on n'est jamais sûre. Sauf que toutes les femmes qui viennent de cette partie de la Chine font ça au début, pour survivre, et qu'elles habitent et travaillent dans cet immeuble…

Pendant que Samia m'explique, je jette un coup d'œil sur le journal à la page qu'elle me désigne. Je sursaute : Fan Wen Dong, l'air un peu hagard, entouré de journalistes et de photographes, à Roissy hier matin. Mon Chinois de Chine du Nord, dans son survêtement bleu pétrole. En regardant bien, on aperçoit à son auriculaire droit la bague avec le petit diamant. Les flashes lui font les yeux rouges. Il a l'air de débarquer d'une autre planète.

— Vous semblez le connaître ?

— Oui, enfin, vaguement, depuis hier et maintenant, j'ai rendez-vous chez lui.

— Une drôle d'idée, quand même, que de vouloir habiter chez sa mère ! Dites-lui que ce n'est pas raisonnable !

J'ai retrouvé Wen Dong. Étrangement, la nouvelle me rend heureuse. Très heureuse. Son histoire me surprend à peine. Je ne veux pas savoir si sa mère s'est prostituée. J'en connais davantage sur lui, désormais, grâce à l'article. Comment aurait-il, dans ces circonstances, eu envie de m'embrasser… Ridicule ! Pendant que Samia ferme sa boutique et s'apprête à m'accompagner dans l'appartement de feu Li Mei, je me souviens d'une phrase de Marguerite Duras, que j'ai gardée dans le film et que Jeanne Moreau dit à la perfection. « La femme laisse son corps à son enfant, à ses enfants, ils sont sur elle comme une colline, comme dans un jardin, ils la mangent, ils tapent dessus et elle se laisse dévorer et elle dort tandis qu'ils sont sur son corps. »

11

L'enfant orphelin,
qu'il est à plaindre

J'ai besoin de marcher dans la ville après ce moment passé à la *Maison des Trois Thés*. Thomas tient vraiment, pour nous distraire, dit-il, à nous emmener déjeuner dans un restaurant chinois de Belleville, le *Queens*. Ce seul mot de distraire m'est odieux, je n'ai ni faim, ni soif, j'étouffe, j'ai emporté le visage de maman avec moi, j'ai volé ce visage de peur qu'il ne reste et ne meure dans cette boîte capitonnée et qu'il ne s'enflamme bientôt, de peur que ces yeux ne se réduisent en cendres, j'ai mis mes orbites dans les siennes et mon regard sur les choses est sans concession, comme était son regard, sans tendresse et sans espoir souvent. Je sais bien qu'on ne me dit pas la vérité, qu'on veut me plaire, atténuer ma douleur, faire jouer la compassion, mais je m'étonne que maman soit restée ainsi, si longtemps à Paris, seule, qu'elle ait souhaité divorcer de mon père pour le simple plaisir de régulariser une séparation de fait. J'impose donc à Thomas et à Liu de traverser une bonne partie de Paris pour rejoindre le restaurant de Belleville, à pied et à bonne cadence. Thomas est toujours derrière, haletant, victime de son embonpoint de cinquantenaire, inquiet de nous perdre, de me perdre. En marchant, il fait tourner son mala entre ses doigts. Et nous explique quand on lui demande... Le plus gros grain, en ivoire, qui clôt la boucle, représente la connaissance de la vacuité. Les autres sont en bois de santal. Le petit cône qui le surmonte est la marque de la vacuité elle-même. Les fils du cordon ont une signification : trois fils symbolisent les « trois Corps » d'un bouddha, cinq fils les « cinq sagesses » ou les « cinq familles » de bouddhas et neuf fils symbolisent le bouddha primordial Vajradhara et les huit grands boddhisattvas. Thomas est intarissable, comme tous les récents convertis. Il est affamé, également. Le restaurant est sympathique, fréquenté par des Wenzhou, essentiellement et quelques Africains du quartier qui manifestent bruyamment leur faim en hélant régulièrement la jeune serveuse qui ne paraît pas davantage comprendre le français que moi.

Au dessert, tandis que Thomas veut à tout prix que je commande des boules de glace accompagnées de gaufrettes, avec cette espèce d'insistance désarmante et ridicule des parents qui désirent faire plaisir aux enfants malgré eux, je m'énerve, je dis à Liu Ping que je vais me promener, digérer toutes ces choses matérielles, et que je veux y aller seul. Je me lève brusquement de table, elle m'accompagne dehors, en me disant que j'ai raison, Li Mei avait probablement l'intention de se marier avec un Français, comme c'est l'usage chez les clandestins. Pour avoir des papiers, le droit de rester dans le pays, pour ne plus avoir peur. Elle est sûre que quelqu'un, quelque part, a dû connaître Li Mei, un protecteur, un ami, mais qu'il faut que j'oublie tout cela, parce qu'on ne saura jamais, on ne sait jamais, que ma mère devait être très secrète, parce que rien n'a filtré, aucune information, de nulle part, de quiconque. On n'a rien trouvé pour le moment dans ses papiers, même s'il reste ceux que la police a saisis pour l'enquête, et de toute manière, c'est trop tard pour refaire l'histoire, puisque je vais repartir avec les cendres de maman.

Je lui dis que l'histoire, je ne veux pas la refaire, je veux juste la connaître, parce que c'est aussi la mienne : j'ai besoin de comprendre pourquoi Li Mei nous a quittés, pourquoi elle a voulu tirer un trait sur son mariage, sur sa famille. Je veux surtout récupérer ses biens : il n'y a aucune raison pour que les policiers gardent ses affaires, elle n'a commis aucun crime, c'est elle que l'on a tuée. Je suis hors de moi.

Thomas nous a rejoints entre-temps, il a payé l'addition à la va-vite, il est très généreux, je m'en suis aperçu depuis le début, depuis qu'il m'a adressé un billet d'avion. Il est blême, inquiet à l'idée que je puisse être fâché, s'excuse, de quoi, mon Dieu, lui dis-je, il est au bord des larmes, alors je me calme, il me prend le bras, je lui dis que j'ai mal, là précisément, au bras, un peu partout, des contusions au corps comme à l'âme, j'ai besoin d'air, il n'y peut rien, mais c'est ainsi, le choc d'avoir revu Li Mei ce matin, après tant d'années, c'était la dernière fois, avant l'inhumation, et c'était plus dur que je le pensais. Thomas comprend, lui aussi a été bouleversé de voir le visage de ma mère, il est tellement désolé, de tout, de la manière dont son pays s'est comporté, de la maladresse dont lui et tous les autres font preuve devant mon désarroi, de l'absence de réaction ou d'excuses de la police ou du gouvernement, il a honte. Ses yeux bleus, tendres, affectueux, en racontent davantage encore, comme s'il voulait m'adopter, me recueillir, moi l'orphelin ; il recommence, sa maison m'est grande ouverte, si je veux rester chez lui, même après samedi, il vit seul, il est divorcé, il s'arrangera, il veut commencer à écrire un nouveau livre, au contraire ce serait formidable, plutôt que de dormir chez Li Mei, un lieu qui me rappelle trop de souvenirs douloureux. Je lui dis que je verrai mais jusqu'à l'incinération, je ne bougerai pas, j'ai besoin d'être chez elle pour me rapprocher d'elle, j'ai besoin de vivre comme elle pour me représenter ce qu'elle a enduré, c'est un moment terrible, le seul testament de maman, son seul héritage.

Je suis repassé boulevard de la Villette pour prendre un peu d'argent, boire un café et fumer une cigarette avant de repartir marcher en ville. Liu Ping m'accompagne pour payer le Dongbei qui sous-loue ma couchette. Quand je pénètre dans le studio, il y a une personne de plus. Pas n'importe qui : la Française d'hier soir, Anne Latour, qui a réussi à retrouver ma trace, s'est installée sur mon lit, celui de maman, fume des cigarettes, elle aussi, mais en buvant du thé, comme si elle avait été là, chez elle, de toute éternité. Elle m'attendait et m'explique qu'elle ne savait comment me joindre, car elle veut me revoir, dit-elle, demain par exemple, si je suis

libre, elle tourne un film qui se passe en partie
chez moi, en Mandchourie, enfin c'est ce que je
comprends de la traduction de Liu Ping, qui je
crois ne saisit pas tout de son projet. Elle ne sait
pas trop qui elle est, et pourquoi elle voudrait me
filmer, brièvement, une silhouette et quelques
mots en chinois, un petit rôle, un peu plus que
de la figuration tout de même. Ce sera payé, bien
entendu, 500 euros, en espèces, je trouve ça plutôt bien, et l'idée et l'argent, dans ma situation,
tout me va. Je lui dis que demain, ce sera difficile, à cause de la conférence de presse et de la
manifestation des sans-papiers. Elle me demande
si je suis libre pour le dîner ce soir, comme ça elle
pourra m'expliquer ce qu'elle attend de moi, oui,
je suis libre, évidemment, qu'aurais-je d'autre à
faire dans cette ville que je ne connais pas, où
personne ne me connaît, c'est ce qu'il y a de
mieux, il suffit qu'elle m'écrive l'adresse sur un
papier et je demanderai mon chemin à des gens.
Ce sera chez elle, dit-elle, en me regardant dans
le blanc des yeux, chez elle, oui, elle le présente
comme une affirmation, et pourtant derrière le
ton péremptoire, je crois discerner, malgré la
traduction de Liu Ping, une hésitation, le désir
de me faire réagir, une question posée, quelque
chose comme « Est-ce que cela vous paraît conve-
nable ? ». Elle a l'air surprise que j'accepte, autant

que de me l'avoir spontanément proposé. Elle n'a même pas pensé sur le moment à trouver une solution pour que nous puissions nous comprendre pendant ce tête-à-tête ; ce qui importe, c'est de se revoir, semble-t-il. Je suis d'accord avec elle : depuis que j'ai fait mes adieux à maman, je me sens plus d'ailleurs libre de rencontrer une femme à Paris, une Occidentale, et celle-ci, je dois bien le reconnaître, m'attire particulièrement.

12

Je suis l'oiseau élu de ton cœur

Liu et Anne m'ont montré sur le plan de la ville où se trouvent les animaleries de Paris, quai de la Mégisserie, principalement. Je leur explique que mon rêve, de retour à Fushun, serait d'avoir assez de moyens pour m'acheter un petit appartement, car c'est la raison principale pour laquelle maman est partie. Partie pour moi, pour me sauver du rien qui guette ! Elle savait bien que sans cela, je ne pourrais jamais me marier, vu la promiscuité chez nous, à trois, plus les animaux, dans à peine vingt mètres carrés. Les trois ou quatre premières années de sa vie à Paris, elle les a ainsi consacrées à rembourser son passage et elle ne nous a rien envoyé. C'est seulement depuis neuf à dix mois que nous recevions le peu d'argent qu'elle économisait et qui devait permettre l'achat de ma liberté! L'appartement, puis la femme à épouser… Mais, à vrai dire, et maman le savait, mon rêve, bien avant l'appartement et le mariage, c'était de devenir propriétaire d'une boutique de soins et de toilettage pour animaux domestiques. J'ai essayé de travailler dans l'une d'entre elles, à Fushun, et j'ai réussi à effectuer un remplacement de quelques jours. J'ai fréquenté des éleveurs, puis des vétérinaires qui m'ont expliqué ce que sont la maladie de Carré, la toux du chenil, l'hépatite de Rubarth, comment éviter puces et tiques, les teignes également, faire des traitements antiparasitaires avec vermifuge et anticoccidien, mais également comment pratiquer les bonnes vaccinations contre le typhus et le coryza, les stérilisations, je suis intarissable sur le sujet, c'est ma passion, les animaux domestiques et les soins qu'il faut leur prodiguer. Je connais tout des rongeurs, par exemple, je peux décrire l'alimentation nécessaire à un écureuil de Corée, à un souslik, à toutes les variantes de gerbilles, à queue touffue ou grasse, expliquer la reproduction du hamster, doré, russe ou chinois, faire l'apologie du loir, du rat ou de la souris, du cobaye, du chinchilla, de l'écureuil volant ou de la marmotte.

J'étais à Fushun, à attendre des jours entiers son appel de Paris. Maman m'avait souvent parlé des boutiques d'animaux le long de la Seine et où elle allait, disait-elle, voir des chiens, des chats, des oiseaux également et toutes sortes de rongeurs, des reptiles, ce qui lui faisait penser à moi. A Fushun, dans le petit appartement, j'ai un jeune chiot, qu'elle n'a pas connu, qui a remplacé l'autre, le vieux Pei, un très noble golden retriever mort de chagrin quand elle est partie. Un chiot, deux chats gris, assez mélangés, un lapin nain qui dévore tous nos fils électriques et un aquarium avec une dizaine de poissons, dont certains sont assez rares et viennent de la mer du Japon.

A l'évocation de cette ménagerie, Anne sourit doucement. J'aime son sourire, je me garde de le lui dire. Elle propose de me déposer devant le quai de la Mégisserie, mais je réponds que je préfère marcher, que c'est ainsi chez moi, ce besoin essentiel de marcher, des kilomètres et des heures, et que, de toute manière, on se reverra, chez elle, à huit heures du soir, 28 rue de Fleurus, que je serai précis au rendez-vous.

En marchant dans Paris, avec mon plan à la main, je me souviens de ma jeune enfance, de mes premières années à l'extérieur de Fushun, dans la campagne, des balades dans la forêt avec mon père, les belles forêts du Liaoning avec troupeaux de rennes, d'élans et de cerfs musqués qui nous passaient sous le nez, bien souvent, et des blaireaux également en grand nombre. Nous étions une petite famille, j'étais le seul enfant, très solitaire, peu de cousins ou cousines, une grand-mère qui n'allait pas tarder à mourir. Les animaux m'ont tenu compagnie, j'aimais leur sauvagerie, leurs odeurs, leurs fuites.

J'ai si souvent maudit cette commission locale de la planification des naissances qui m'a valu cette solitude écrasante, voilà pourquoi chez nous l'individu est si tourmenté, si angoissé, pourquoi il devient une proie facile pour l'Etat, la police, l'administration, les contrôles de toute nature. Seul au monde ! Avec moi, grâce à ce choix, mes parents ont pu bénéficier d'un « certificat d'enfant unique », de la mise à disposition d'un logement à prix réduit et de quelques autres avantages sous la forme de bons. Autant de privilèges qui auraient disparu si j'avais eu un frère ou une sœur... Et que je sois un garçon a, bien entendu, été vécu comme un soulagement pour mon père comme pour ma mère. Tout ceci, ce poids, ce sacrifice, je l'ai senti, j'en ai souffert. J'ai d'abord refusé d'être un « mec », de jouer à des jeux de garçons, au football, à la lutte. Les peluches m'ont longtemps gardé enfant, attaché à ma mère, timide, féminin presque. Puis quand nous sommes arrivés pour vivre en ville, j'ai changé.

Je me souviens de mes dimanches au zoo, dans la neige, l'hiver, l'été sous la canicule, je repense à mes amitiés avec un ibis huppé, un couple de gibbons farceurs, un troupeau de petits chevaux du Yunnan. C'est ainsi que mon amour des animaux s'est développé jusqu'à prendre le dessus sur mes relations avec mes camarades de classe, jusqu'à me faire aimer plus que tout les petites bêtes à poil et à fourrure. La semaine dernière, à Pékin, comme je ne pouvais avoir le visa pour Paris le jour même, j'ai consacré une matinée à ma passion favorite. J'ai pris un autobus qui va au-delà de Xishi men et je suis allé au Dongwu yuan, au grand jardin zoologique dont m'avait parlé maman quand j'étais petit, en me promettant de m'y conduire un jour. Pour la première fois de ma vie, j'ai vu un chameau, des faisans dorés, une gigantesque salamandre, des ours bruns du Tibet, des chèvres sauvages et un singe doré, magnifique, le fameux rhinopithèque de Roxelane. J'étais fier, moi, le petit provincial du Nord-Est, venu tout exprès de son Liaoning natal, de me trouver devant la cage du grand Van, un compatriote, un extraordinaire tigre de Mandchourie de plus de deux mètres cinquante... Mais c'est devant les pandas, évidemment, ces grands ours chats, solitaires, que je suis resté le plus longtemps. J'ai ainsi passé une bonne heure à regarder ces herbivores grignoter inlassablement des pousses et des feuilles de bambou, à rêver d'en prendre un dans mes bras, de caresser longtemps sa fourrure.

Tandis que je marche ainsi dans Paris, je suis soudain pris de nostalgie. Je pense à Fushun, qui n'est pas une ville bien extraordinaire pourtant, placée à égale distance de Vladivostok et de Pékin, c'est-à-dire loin de tout, sauf d'un endroit où personne ne va, la Corée du Nord. Le camp où se trouve mon père, le *laojiao*, est tout près de la frontière coréenne, un endroit maudit que seuls les militaires et les mauvais garnements du Falungong fréquentent. Fushun, je ne peux guère en parler ici, ça ne dit rien à personne, on ne sait même pas où la placer sur la carte de la Chine. Et quand Anne Latour me parle de Fou-Chouen et de cette romancière qui a écrit sur la Chine du Nord, sur laquelle elle fait un film, je me dis que c'est vraiment une autre époque. Comment intéresser les Français à ma ville ? Sauf peut-être à rappeler que notre équipe de football a récemment vu jouer deux de leurs compatriotes… Je sais bien qu'à part Thomas, si délicat, si prévenant avec moi, tout le monde se fiche de ma petite province, et qu'à Pékin, on se moque aussi de nos problèmes, nos restructurations industrielles, notre taux de chômage, de suicides, notre désastreuse écologie, nos cancers à répétition… Je repense à cette semaine de vacances que nous avions passée, il y a dix ans, au moins, avec maman et sa sœur, à Dalian, la «Hong Kong du Nord» comme on l'appelle dans notre province du Liaoning. Je me souviens des galets des plages, je pense au voyage en train, une nuit à l'aller, une nuit au retour, je songe à ma ville que nous avons aujourd'hui tous quittée. Je pense au héros de la ville, Lei Feng, qui a donné son nom au grand parc de Fushun, ce soldat qui faisait tout pour rendre service, tout pour faire le bien et qui est mort si jeune. Et même les mines de charbon, les usines chimiques, la fumée, le brouillard qui, certains jours, ne se lève pas, me manquent aujourd'hui.

J'arrive, vers cinq heures du soir, au *Paradis des Oiseaux*, sur le quai de la Mégisserie. Je visite quatre autres animaleries juste à côté. Deux bonnes heures à regarder les chiens et les chats dans leurs cages, à m'intéresser à toute une flopée de petits rongeurs, dont certains me sont tout à fait inconnus. Mais c'est un oiseau que je veux acheter, cette fois-ci, pour le ramener à Fushun, parce que Li Mei a toujours voulu en avoir un chez nous, mais que mon père a toujours refusé, prétendant que nous vivions dans un trop petit appartement pour supporter le pépiement constant d'un volatile. Maintenant que j'y vis seul, je décide ! Je regarde, je choisis et j'élimine en passant les perroquets et les perruches, pour lesquels j'ai peu de sympathie et qui font trop de bruit. J'observe successivement des diamants de Gould, des cous coupés, des astrilds à joues orange, des moineaux du Japon, des canaris, des becs de corail, des becs d'argent, des cordons bleus à joues rouges, des damiers communs, des diamants bavettes, des diamants mandarins…

C'est dans la quatrième boutique que je repère trois petits guêpiers d'Europe en cage, des *Merops apiaster*. Ils attirent mon attention par leurs cris roulés, leurs sifflements rauques et par leur maladresse assez touchante. *Prriitt, Prriitt.* Leurs couleurs m'ont plu, elles aussi : le ventre bleu-vert turquoise, le dos, la calotte et le haut des ailes brun-roux à jaune paille, la queue vert sombre avec deux médianes à pointe effilée, le bec tout noir, légèrement incurvé et un joli iris rouge dans un œil également noir. La vendeuse tient à m'en vendre un, de la taille d'un bon petit merle, un mâle tellement affamé qu'il se met à gober, devant moi, une ou deux guêpes mortes, une mouche et une libellule ainsi qu'un petit amas de vers de farine. C'est un oiseau dont j'ai souvent entendu parler, le guêpier d'Europe, qui m'intéresse beaucoup, m'intrigue même, mais que nous ne trouvons pas en Chine. Il fréquente les berges sablonneuses des cours d'eau, les anciennes sablières, les gravières et vit en colonie. J'ai lu dans *l'Encyclopédie des oiseaux* que Li Mei m'avait offerte avant de partir tout un passage le concernant. A l'affût, le guêpier est souvent perché sur la cime d'un arbre mort, un fil télégraphique, des piquets de clôture au bord de la route. En vol, il ne cesse de chasser des insectes, des papillons, des criquets et des saute-relles… Il aime passer la nuit dans de grands arbres, puis chasser un peu à la manière des hirondelles, avec des battements d'ailes tantôt secs, tantôt en plané, en vol direct, dans une trajectoire onduleuse, avant une longue glissade, les ailes collées au corps.

La vendeuse voit bien que je suis fasciné par le petit guêpier, elle ne me lâchera pas, elle fera sa vente. Pour 150 euros, c'est-à-dire à peu près un tiers de ce que je vais gagner avec le film de la Française, je peux l'avoir, à condition de rajouter la même somme pour la cage et les accessoires. Alors va pour le mâle, il me ressemble, à moins que ce ne soit le contraire, je vais l'emporter avec moi, j'achète une cage, pas trop grande, ronde, portable, j'en changerai quand je serai en Chine, je prends de quoi le nourrir, l'oiseau a l'air ravi, pour sa première sortie, il va dîner chez Anne Latour, dans un quartier chic, il claque bruyamment ses ailes à côté d'une femelle qu'il s'apprête à quitter à jamais, les plumes arrière de sa tête dressées, témoignant, si nécessaire encore, de sa grande frénésie sexuelle.

13

Quand mon amant rit, alors j'en suis heureuse

Il arrive à l'heure convenue, huit heures précises, en riant, avec une cage à oiseau, un bee-eater, je ne me souviens plus de son nom en français, un volatile assez bruyant, très coloré, étourdi de son voyage dans Paris, un oiseau qu'il vient d'acheter. Wen Dong est très content de lui, avec l'écharpe blanche en bandoulière autour du cou pour reposer son bras, il installe la cage sur la table de la grande bibliothèque. Le feu brûle dans la cheminée ; l'oiseau regarde obstinément les flammes, passe son bec ondulé à travers les grilles, et semble, en sifflant, vouloir attiser de loin l'incendie domestique. Wen Dong rit, et rit encore, à vrai dire, il ne peut guère me communiquer bruyamment que sa joie, mais elle n'est pas feinte, de toutes ses dents blanches, une joie extraordinaire, même si je ne sais pas à quoi elle tient, à l'achat de son oiseau, son premier animal européen, au dîner avec moi ou aux deux peut-être. L'aisance avec laquelle il se déplace dans la rue et maintenant dans mon appartement, m'impressionne, cette fluidité dans l'air ambiant, dans ce pays inconnu, si hostile à sa mère... Je désigne l'écharpe, le questionnant du regard sur la douleur qu'il ressent. Il me signifie que ça va avec son pouce levé, en haussant également les épaules, comme pour exprimer sa foi dans la fatalité des choses, lui qui a perdu Li Mei par cette même fatalité. Je n'ai aucune idée de ce qu'il va se passer, même si la situation est assez claire, ordinaire au fond : un homme, une femme qui ne se connaissent pas ou si peu, sont attirés l'un vers l'autre, malgré la différence d'âge, de culture et de langue.

Je ne tremble pas, moi qui tremble si souvent à l'idée de rencontrer un nouvel homme depuis le départ de mon mari, je ne suis pas anxieuse, je sais que je n'ai rien à lui dire, du moins par la parole et rien à entendre de lui, je me suis expliqué ce rendez-vous comme une manière de réparation pour la nuit d'avant, quand je l'ai renversé. A peine est-il entré d'ailleurs avec son oiseau et sa cage en bois, cet attirail étrange, ce bras infirme et ses baskets, que je me suis sentie bien, en confiance, comme reconstituée, il y a chez lui quelque chose de profondément féminin qui ne peut inquiéter, rien de cette morgue du monde de la production, du cinéma, de la télévision, tous ces hommes avec leur arrogance plantée dans la mâchoire, au creux des hanches, des reins, dans le regard inquisiteur.

Comme s'il voulait me faire un tour de magie, à peine installé dans un fauteuil, il sort de son survêtement bleu une bouteille de Maotai, 53 degrés, hâtivement emballée dans du papier journal. Il me l'offre en se pliant en quatre, je prends donc la bouteille comme on s'empare de l'enfant de la Nativité lorsqu'il vous est tendu avec tant de délicatesse. Ignorant tout de cet alcool, je file dans la petite pièce qui me sert de bureau et j'interroge Google. Amusé, Wen Dong se penche comme pour lire par-dessus mon épaule. Il s'agit d'un mélange d'alcool de sorgho et de blé, fruit de sept fermentations et huit distillations successives : très recherché et cher. Ce doit être sacrément fort, il nous faut bien cela pour délier nos langues. Wen Dong débouche la bouteille, remplit deux petits verres, me tend le mien et nous trinquons. Il dit : *Ganbei*. Je dis : *Ganbei*. Cul sec.

Puis d'un regard émerveillé et tendre, il fait le tour de la pièce ; il est impressionné, je pense, par les immenses bibliothèques, les centaines de livres qui grimpent jusqu'au plafond de ce vieil appartement que j'aime tant avec ses moulures au plafond. C'est important pour moi qu'il aime mon univers, mes livres, ceux de mon ex-mari laissés ici. Je ne sais pas si Wen Dong est cultivé, s'il a été à l'école, à l'université, si c'est un littéraire, épris de poètes et de philosophes. Le regard qu'il porte, sans mot dire, sur ce monde que j'ai partagé longtemps avec un autre, un écrivain, renforce mon désir de lui. Cet homme-là, je le sens, me fera du bien.

Je cherche une cigarette. D'un petit grognement et d'un mouvement du menton, il me fait savoir qu'il en prendrait bien une également. Nous fumons nos deux Chesterfield, debout, solidement installés dans notre muet tête-à-tête. La sonnette de la porte retentit brusquement. Wen Dong prend peur : notre fragile intimité semble brisée, ce calme qui nous fait du bien, le silence, la chaleur de la cigarette autour des doigts, la braise dans la semi-obscurité et la nicotine. Je vais ouvrir, c'est le livreur du *Palais des Délices de Sichuan*, l'excellent restaurant chinois du rez-de-chaussée à qui j'ai commandé des plats pour le dîner. Wen Dong rit, une nouvelle fois, dit deux mots au garçon, un Chinois qui lui répond, un échange qui les fait beaucoup rire, l'un et l'autre, auquel je ne dois pas être étrangère, moi l'Occidentale. Quand le livreur est parti, Wen Dong m'aide à disposer, toujours en silence, et malgré la gêne que lui procure son bras blessé, les barquettes de poulet à la sauce aigre-douce, le porc pimenté, les bouchées de crevette, le riz cantonnais et les légumes sautés dans de jolies assiettes bretonnes qui me viennent de mon arrière-grand-mère, un service que nous aimions particulièrement avec mon mari et que je sortais, en général, pour les grandes occasions.

Nous nous mettons très vite à table, je le regarde, je ne fais que cela, je me nourris de ce spectacle extraordinaire de la faim d'un jeune homme insouciant. J'imagine que les mères en ont l'habitude avec leurs grands enfants. Moi non : juste des hommes goulus à la sensualité épaisse, des hommes qui dévorent et boivent trop. Wen Dong mange avec des baguettes, très rapidement, le nez collé à l'assiette, en faisant de grands mouvements du corps, portant les aliments jusqu'à sa bouche, se redressant, exprimant sa satisfaction par des petits soupirs amusés. En dix minutes, il a fini, tout expédié, saucé avec la pâte des bouchées et le riz. Je le ressers, je mange à mon tour, je passe mon temps à le rattraper, à courir après son appétit. Il me verse un plein verre de Maotai, et *Ganbei* encore, une fois, deux fois, l'alcool nous chauffe la gorge et le reste du corps et s'ajoute au piment des aliments. L'oiseau, de temps à autre, ivre de nous regarder, roucoule, une sorte de *prriitt* très doux, roulé, qui semble dire qu'il a faim lui aussi, trop chaud peut-être si près de la cheminée et qu'il ne faut pas l'oublier dans sa cage de bois. C'est alors que Wen Dong sort un paquet de cigarettes, ce ne sont plus les Zonghua, mais des Da Xiongmao. Il m'explique : *Zonghua*, Mao Zedong. *Da Xiongmao*, Deng Xiaoping. Ça, je comprends qu'il s'agit de deux marques, l'une fumée par l'un des grands timoniers, l'autre par le second. J'ai l'impression d'arriver à quelque chose, je me dis que c'est tout de même incroyable de pouvoir dîner avec quelqu'un sans comprendre un mot de sa langue, et de ne pas s'ennuyer, de s'amuser même, alors que si souvent, pendant les repas, les amours meurent parce que les amants n'ont plus rien à se dire.

Quand nous avons fini de manger, de boire et de fumer, je vais remettre du bois dans la cheminée et Wen Dong sort de sa poche, avec une forme de gourmandise amusée, une petite boîte noire en plastique qui contient un bon paquet de mouches mortes et d'insectes broyés. Il en prend une, puis deux pincées, jette le tout à l'intérieur de la cage du bee-eater qui ne mollit pas, en effet, pour engloutir le tout, non sans pousser quelques sifflements de bonheur, à la manière chinoise, celle de son nouveau maître. En le regardant ainsi chez moi, nourrissant avec des insectes morts son oiseau de paradis, je me dis que ce n'est pas là un geste d'homme, mais celui d'un enfant, d'un adolescent. La figure du fils m'apparaît, se substituant soudain à celle de l'amant, même courtois. Je pense à mon ex-mari, à cette stérilité cachée qui nous a probablement empêchés d'être heureux, à son mensonge, à mon besoin de maternité, de partage, de transmission. Bientôt, ce sera trop tard. Trente-neuf ans, déjà…

La tristesse vient s'emparer de ce moment, en lieu et place du désir qui me semble brusquement un égarement inutile, un attrait trompeur, une cause de souffrance. Je me souviens de quelques préceptes du bouddhisme, que m'a enseignés mon ex-mari, pour devenir *arhat*, une personne éveillée, débarrassée des tentations et des désirs, ayant atteint le nirvana, l'état de l'éveil, après avoir surmonté toutes les embûches de l'existence et des réincarnations, après avoir gagné la connaissance suprême. Dans mon mariage, j'ai ainsi appris à ne plus faire l'amour, à aimer par-delà le corps, j'ai pensé que ce serait facile à vivre, parce que mon mari voulait me le faire croire, mais en réalité, j'avais une telle envie de lui, de son corps. Ce soir, je comprends l'importance du sexe de l'autre, je mets de l'encens à brûler, puis le désir, peu à peu, revient, un feu de désir, j'en oublie Bouddha et je retrouve Marguerite Duras, vivante, pleine, aimante. Je mets de la musique, j'ai préparé à mon hôte un petit choix de chansons populaires chinoises que j'écoute de temps à autre, un disque que mon mari avait rapporté d'un voyage en Chine, pays qu'il connaît bien. Il y a des instruments que j'apprécie particulièrement, le erhu, une sorte de violon nasal à deux cordes et trois octaves et la pipa, un luth à quatre cordes. J'ai sélectionné quatre ou cinq morceaux, *La Lune d'automne sous le Palais Han*, *La Lutte contre le Typhon*, *Des chants pour une noce* et *Un Bateau de pêche dans la nuit* avec lesquels il m'arrive souvent de voyager par la pensée et dont j'ai choisi quelques extraits pour le début du film sur Marguerite, les scènes qui se passent à Saigon, à Sadec, principalement. C'est une musique qui m'apaise et comme le Maotai m'a un peu tourné la tête, je m'assois dans le sofa, face à la cheminée. Wen Dong, après avoir nourri son oiseau, ôte son écharpe, et la place sur le haut de la cage, pour la couvrir, comme pour signifier à l'animal qu'il est désormais temps de dormir et de cesser ses incessants *prriitt*... Il me regarde avec un sourire d'une extraordinaire douceur, l'air interrogatif, il ne me pose aucune question, je ne lui donne aucune réponse, et pourtant, je dis oui, oui, mille fois oui à ce moment-là de ma vie.

Wen Dong vient vers moi, je me lève, je lui prends la main, une longue main, avec des doigts comme des pinceaux pour écrire, des doigts très maigres, je sens la bague et son diamant effleurer ma paume, un diamant froid, je le conduis dans ma chambre, il vient, c'est là où nous devions, pour finir, aller, là où naissent les enfants, là où ils sont rêvés, conçus. La musique, dans la biblio-thèque, à côté, nous porte, nous enveloppe, des sons d'oiseaux, une symphonie d'appeaux, toutes sortes de sifflements. J'aide Wen Dong à enlever sa veste de survêtement et la chemise qu'il porte dessous, il a le bras complètement endolori, un énorme hématome désormais visible sur cette peau si lisse. C'est moi, cette trace, c'est notre rencontre, la violence du choc, j'aurais pu le tuer, et je vais maintenant faire l'amour avec lui, comme en réparation. Je sens battre son cœur, sa respiration, une haleine, une odeur d'alcool et de tabac, notre anxiété se transmet de l'un à l'autre, nous mélangeons nos yeux, les siens si noirs sur un fond si blanc, si grands ouverts sur chaque chose, si neufs en même temps malgré les expériences accumulées, cette vie qui ressemble à de la gourmandise et du désir. Il est totalement glabre, je l'avais déjà remarqué à l'hôpital, un long corps, mince, magnifique, légèrement musclé, une peau très blanche, qui contraste avec sa chevelure de jais, cette tignasse si épaisse. Je me suis déshabillée, je prends mon temps, il me laisse agir, il regarde à peine mon corps, mais au fur et à mesure que je me dévêts, il me caresse avec insistance, il garde un peu de distance, un peu d'orgueil, à l'image de son sexe dressé qu'il enfouit entre mes jambes, comme pour se cacher et ne devenir qu'un corps lisse, l'androgyne rêvé.

Nous faisons l'amour, plusieurs fois, longtemps, et j'ai trois orgasmes à la suite, forts, bruyants, je pourrais jouir encore, je sens une incroyable chaleur s'emparer de moi, du cerveau à la gorge, de la gorge au cœur, du cœur au nombril, du nombril au ventre, je me sais dans l'extase merveilleuse de la jouissance, cette espèce de vide absolu que je n'ai encore jamais éprouvé. La soirée devient une nuit, une traversée, une éternité, un temps suspendu, je suis avec Wen Dong, j'ai le sentiment de mourir, tout s'arrête, le cerveau, la respiration, le cœur, je ferme les yeux et des couleurs m'apparaissent, d'abord blanchâtres, puis rougeâtres, puis noires, puis la claire lumière du plaisir, je suis nettoyée de tout, légère, je survole le monde et le monde me sourit. Le Maotai m'est monté à la tête, nous en reprenons pourtant une gorgée, tandis qu'à côté le bee-eater a repris sa mélodie de *prritt, prriitt* qui nous fait rire, parce qu'il semble vouloir suivre le rythme effréné de l'erhu du disque des chansons populaires chinoises, principalement le morceau le plus exquis, *Beautiful Gold Peacock*. Wen Dong boit, il boit à la bouteille, lèvres contre goulot, je l'embrasse, je bois dans sa bouche, je me gargarise de cette mortelle salive à 53 degrés, qui éloigne toute impureté, puis je le prends dans ma bouche, je le suce lentement, pleinement, je bois son sexe, raide et sec, il ne jouit toujours pas, il ne veut, ne peut pas, je ne sais, je reviens à son visage en léchant son ventre, je lèche ses larmes de bonheur, nos langues se disputent l'alcool de riz et de sorgho, tout est mélangé, le sel et l'alcool, la salive et nos sécrétions, nos lèvres se collent l'une à l'autre et, tout en sentant profondément dans mon ventre le sexe de Wen Dong, tout en jouissant avec une intensité jamais égalée, je me dis décidément que ceux qui parlent ne savent pas et que ceux qui savent ne parlent pas.

14

Je cueille des parfums
pour l'être de mes pensées

La dernière nuit a été éprouvante. Pour la deuxième fois, je n'ai pas dormi. L'homme est parti, trop tôt pour moi, après l'amour, il est parti, avec son oiseau et sa cage à la main, je n'ai même pas su comment le retenir, que lui dire, comment protester. J'ai veillé jusqu'au matin, ivre de ses baisers, vide de son regard et de ses paroles absentes. Mais, foi de femme aimante, je ne resterai pas sans voix devant Wen Dong. Je m'équipe. Parole d'honneur ! C'est qu'il va finir par m'entendre, le bougre de Mandchou. Dans sa langue, en version originale, avec accent peut-être, mais sans soustitre. Plutôt que de passer la nuit avec une interprète entre nous, je vais donc acheter ce matin, chez You Feng, rue Monsieur-le-Prince,

un guide miniature de conversation en mandarin. Cela fait des années que je passe devant
cette librairie consacrée à l'Asie, non loin de
chez moi, et que je rêve d'en pousser la porte.
J'achète par la même occasion *l'Anthologie
de la littérature chinoise classique* de Jacques
Pimpaneau et un ouvrage sur le calendrier chinois, signé de Maître Wong Tin, l'un des astro-
logues les plus réputés de Hong Kong, grand
maître du Feng Shui depuis plus de trente ans.
Afin, sur les conseils du libraire, de préparer
l'année du rat qui débute le 7 février 2008 et
se finira le 25 janvier 2009. L'urgence, cependant, avant l'horoscope de l'enfant à venir, c'est
le vocabulaire, ma capacité à former quelques
phrases senties pour sortir de ce silence amoureux, pour mettre des mots sur des sentiments,
des désirs. « Pour ne pas garder sa langue dans
sa poche », rappelle sur sa couverture mon
Lonely Planet. J'espère, au passage, que Wen
Dong parle bien la langue officielle de la République populaire de Chine, utilisée par plus
de 800 millions d'habitants... Et non pas le
hakka, le gan, le yue ou quelque autre dia-
lecte...

J'épluche le manuel, je m'immerge, je bre-
douille, je m'arrache les cheveux, je renonce à
l'écriture, je me contente de pousser quelques

sons, plus ou moins gutturaux, en me disant que ça ressemble à du chinois. C'est Duras qui disait, dans *l'Amant*, «le chinois est une langue qui se crie comme j'imagine toujours les langues des déserts, c'est une langue incroyablement étrangère». Alors je miaule, je crie, je corne, je braille, je fais mon chinois à moi, je parle à la glace, en bridant mes yeux et en tirant mes joues. Je me dis que l'effort en vaut la peine et qu'en possédant quelques éléments de chinois standard, je me familiariserai avec la première langue du monde... Ce ne seront pas les 56 000 caractères et autres idéophono-grammes qui m'intimideront. Des horizons inespérés s'ouvrent à moi, un monde nouveau, immense, magique. Je pars à la conquête de Wen Dong! Un petit dictionnaire en fin de guide me donne deux clés d'entrée dans le monde de la maternité. «Enfants» se traduit par «rail-dzeu-meune» et «être enceinte» par «rwail-yune». Je vérifie à quel point les phrases «clés» de ces guides sont généralement absurdes. A quoi me servira de savoir dire, sinon écrire: «wo dzail djao yi-gue ying-eur tchwang» (j'aurais besoin d'un lit pour bébé) si j'en suis encore à avoir besoin d'un bébé? Ou de pouvoir questionner Wen Dong: «wei rail-dzeu ni bou dzie-yi ma» (cela vous dérange-t-il si je donne le sein à mon bébé ?) ? Si je veux le faire rire, si je veux détendre l'atmosphère, l'effet est garanti. Mais où trouver : faire un enfant ? Dans le chapitre « basiques » ? Dans celui « pratique » ? L'un comme l'autre répondent à la situation, mais partiellement. « En société ? » Certainement pas ! « A table ? » Quoi encore ! Et si je regardais dans « Urgences » ? Au sous-chapitre « Police », de quoi faire peur à Wen Dong et à tous ses malheureux compatriotes sans-papiers. Je me précipite donc sur « Santé ». « Avez-vous eu des relations sexuelles non protégées ? Vous devrez faire des examens à votre retour dans votre pays. Je me sens bizarre, faible, j'ai tantôt froid, tantôt chaud, la tête qui tourne. Je pense que je suis enceinte. Je ne prends pas la pilule. Je n'ai pas eu mes règles depuis six semaines. Je voudrais un contraceptif/la pilule du lendemain/un test de grossesse. Ça ne fera pas mal. Ne bougez pas. Revenez, ça n'est pas fini. Ouvrez grand. Rincez-vous la bouche. Serrez les dents. Avez-vous de la fièvre ? Quel est votre problème ? Je suis perdue. »

Je feuillette toutes les pages rapidement car je sais qu'il va venir, tard, après sa conférence de presse et que je dois avoir de quoi occuper la soirée. J'écris bout à bout des phrases, avec leur transcription et la traduction en français, en face. Le tout sur des petites fiches cartonnées que je commence à apprendre par cœur. «Avez-vous prévu quelque chose? Tout de suite/ce soir? Venez! D'accord! Je suis divorcée. Je suis libre. Non, je ne vois plus mon mari. Avec plaisir! C'est très gentil de votre part. A quelle heure nous retrouvons-nous? Je viendrai vous chercher. J'attends avec impatience ton arrivée. Pourriez-vous m'appeler un taxi? Santé! Je veux être heureuse, maintenant. Ça fait du bien! Je suis un peu saoule. As-tu aimé? Qu'en as-tu pensé? C'était délicieux. Je suis rassasiée. Est-ce que ce chemin mène quelque part? Je n'ai rien contre le mariage. J'ai envie de sensations fortes. Est-ce que ça mord? Tire. Passe. Tu joues bien. Est-ce qu'il y a des séances réservées aux femmes? Quel est le tarif pour une heure? Une journée? Je voudrais changer de l'argent. Tu veux jouer? Est-ce une coutume locale? Je ne voulais pas vous offenser. Je n'ai pas l'habitude. Je ne crois pas en Dieu/Au Feng Shui/Au destin. Où veux-tu aller ce soir? Quel canon! Tu es vraiment sexy. Je suis infidèle. Est-ce que je peux t'offrir un verre? Tu es certainement un merveilleux danseur. Puis-je rester avec vous pour cette danse/pour ce soir/pour la vie? Non, je n'en ai pas envie. Non merci, la prochaine fois promis. Tu me plais beaucoup. Embrasse-moi! Tu veux entrer un instant? Tu aimes les

massages ? Est-ce que tu vois quelqu'un d'autre ?
C'est juste une amie ? Tu n'es avec moi que pour
le sexe. Dégage ! Je ne veux plus jamais te revoir.
Il y a quelque chose qui ne va pas entre nous.
Je ne le ferai pas sans préservatif. Embrasse-moi.
Je te désire. Je peux te voir/passer la nuit avec toi.
J'ai envie de faire l'amour avec toi. Ne t'inquiète
pas, je vais le faire. Non, bien sûr, ce n'est pas
la première fois. On va au lit ? Caresse-moi. Est-
ce que tu m'aimes comme ça ? J'ai trouvé que
c'était très beau/très mauvais/très ennuyeux/
formidable/pas mal/très étrange. Je pense qu'il
vaut mieux que nous nous arrêtions là. Je suis
déçue/mal à l'aise/pressée/triste/stressée. Vas-y
doucement/plus vite/plus fort/plus lentement/
plus doucement. C'était curieux/incroyable/
super. Je trouve que nous sommes vraiment bien
ensemble. Veux-tu sortir avec moi/vivre avec
moi/te marier avec moi ? Je t'aime. Je veux un
enfant de toi. »

Voilà ce qu'il faut que je lui dise. Voilà ce que
je veux qu'il comprenne de moi. Que je veux un
enfant de lui.

15

Ils apprennent des mots sans savoir encore les prononcer

Un matin, c'était il y a si longtemps, me semble-t-il, un homme de la Préfecture de Fushun, un vieux tout maigre, a frappé à ma porte. Il vient me lire d'un ton très neutre, presque soporifique, une voix blanche, sans émotion, il a l'habitude, un avis, un avis de décès dans une enveloppe bleue cachetée. Maman est morte, il y a quatre jours à Paris, France, à l'hôpital Georges-Pompidou, un horrible accident, elle est tombée par une fenêtre, n'a pas survécu à ses blessures. Quand le fonctionnaire me lit la nouvelle, je lui dis qu'il y a erreur, erreur de traduction, erreur de nom et d'adresse, ce ne peut pas être Li Mei, je le remercie de bien vouloir vérifier dans ses dossiers à la Préfecture, de s'adresser ailleurs, ce n'est pas, ici, la maison d'une morte, mais juste d'une échappée, ça ne sert à rien de vouloir m'intimider ainsi, c'est cruel d'abuser ainsi des familles de braves gens. Comme l'un des deux chats s'est échappé à l'arrivée du fonctionnaire, suivi par le lapin nain, je vais les chercher sur le palier et je continue à parler derrière la porte. Non, ce n'est pas possible, je me serais bien épargné ce genre de fausse frayeur. Pour preuve, j'ai encore discuté avec maman, au téléphone, mercredi dernier, oui, c'est cela, la veille de l'accident, en refaisant le décompte, certes, comme dit le fonctionnaire, ça ne prouve rien, puisque c'est la veille, elle peut très bien être morte le lendemain et c'est tellement possible, tellement certain que c'est écrit, on ne s'amuse pas à la Préfecture de Fushun, ni à celle de Paris, à envoyer ce genre de nouvelles, cela n'a rien à voir avec la politique, on ne s'aventure pas à communiquer aux familles pareille information, si l'on n'est pas absolument assuré, à quoi ça servirait d'inventer, franchement, il a passé l'âge de ces très mauvaises blagues. Mais non, dis-je, en réapparaissant dans l'appartement, non, monsieur le fonctionnaire, maman est vivante, au téléphone elle était très vivante, je la connais bien, elle avait l'air reposée, elle m'avait dit que Paris n'avait jamais été si beau, avec la saison, le beau mois de septembre, la douceur dans les parcs, la tour Eiffel, toujours elle, scintillante dans ces nuits d'automne à venir. Elle marchait beaucoup dans la ville, elle ne prenait plus le métro de peur des contrôles, elle ne regrettait rien, ni son départ, ni son divorce d'avec papa, j'ai même osé la dernière fois lui demander si elle songeait à se remarier, elle avait ri, elle m'avait dit : « Pourquoi pas, après tout, je ne suis pas si vieille, et pas si laide, et puis ainsi, disait-elle, je déménagerai dans une belle maison, car la mienne est trop petite, vraiment, j'héberge maintenant des amis. » J'ai compris qu'elle avait dû rencontrer quelqu'un, mais elle n'avait pas voulu en dire davantage. En revanche, elle m'avait parlé de moi : « Il faut songer à te marier, ça y est, je gagne de l'argent, plus rien n'interdit que tu cherches un appartement, dans un ou deux ans, j'aurai mis assez de côté pour cela. En attendant, il faut que tu cherches et trouves une femme : tu en as l'âge, le physique et le tempérament. Après seulement, tu pourras te préoccuper de tes animaux domestiques, abriter ta colonie de peluches vivantes. Un jour, je suis persuadée, tu posséderas assez d'argent pour avoir à la fois une femme, un appartement et le magasin de toilettage et de soins pour animaux. De toute manière, tout cela, c'est pour faire un enfant, oui, j'aimerais que tu fasses un enfant, tu seras un père attentif et j'aimerais tant être grand-mère. »

L'officier préfectoral à qui je raconte cette conversation me répond aimablement, me montre de nouveau l'avis, l'enveloppe, le nom, l'adresse, la date : ce ne peut être qu'elle, Li Mei, et moi, Fan Wen Dong. Il sait qu'elle a divorcé de Fan Peng, il connaît tout du délit pour lequel mon père a été condamné, et donc, malgré la douleur extrême qu'il partage, je dois me rendre à l'évidence : j'ai perdu ma mère, de manière accidentelle et définitive, une bien triste histoire, à Paris, qui plus est, bien loin d'ici. Ce ne sera donc pas simple, il m'avoue qu'il ne sait comment on fait dans ces cas-là.

Dans ces cas-là… Mais sait-il au moins ce qu'il vient de m'annoncer ? La mort de l'être que j'aime le plus au monde. Que j'aime, oui, maman, je ne peux dire que je l'aimais, je l'aime tout simplement. Elle n'est pas morte, ce n'est pas possible, elle n'avait pas le droit.

Il me propose une cigarette, j'en ai très envie, mais je dois refuser : on ne peut pas fumer quand on vient d'apprendre que sa mère vient de mourir, c'est ainsi, j'ai lu un roman français qui raconte cela, l'histoire d'un homme, condamné à mort, entre autres raisons, parce qu'il a fumé une cigarette alors que sa mère vient de mourir et qu'il veille son corps. En même temps, j'ai envie de la prendre, cette fichue cigarette, en plus c'est une Zonghua, ça me calmerait bien, et c'est une manière de dire que je ne crois pas à cette histoire d'accident, de refuser cette fatalité, d'affirmer que maman est bien vivante.

Tout de même, une condamnation à mort, c'est lourd, et avec ces types de la Préfecture, toute cette bureaucratie, ce flicage, l'histoire de mon père, le Falungong, ça ne plaisante pas, nous sommes dans le collimateur des fonctionnaires du parti, certainement, il faut rester sur ses gardes, peut-être est-ce un piège tendu, cette cigarette, peut-être qu'après les sentiments anti-patriotiques on va me reprocher l'absence de sentiments vis-à-vis de ma mère. On ne sait jamais ici, c'est un système très complexe, très sophistiqué, qui ne s'explique pas toujours. Je dis non au fonctionnaire, d'une main qui lui découvre ma paume. Du coup, il n'allume pas la cigarette qu'il a déjà aux lèvres et prend congé, plus rapidement, alors qu'il semble disposé à parler avec moi, désireux certainement d'obtenir des renseignements sur Li Mei, de savoir pourquoi elle est partie en France, comment, qui l'a aidée, pour combien de yuans ou de dollars, par quel moyen, si nous avions des nouvelles régulièrement.

Depuis que papa a été arrêté, je sens, un peu partout, dans l'immeuble, dans la rue, auprès de mes amis, dans mon crâne et même dans l'appartement, une étrange présence, j'ai le sentiment que chacun de mes mots, chacun de mes faits et gestes donne lieu à un compte rendu scrupuleux, quelque part dans un grand livre de surveillance qui serait tenu par une armée de scribes. Tandis qu'il me consolait de la mort de maman, l'officier de préfecture n'a pas cessé de glisser un regard inquisiteur un peu partout dans la pièce. Il n'a pas eu grand mal, tant l'appartement est petit, mais c'est ainsi, comment lui en vouloir, je ferais pareil, à sa place, et c'est bien le problème dans notre pays, il doit probablement rendre compte, profiter des condoléances, pour étoffer un peu la fiche de la famille Fan, le père, Fan Peng, le fils Fan Wen Dong et feu la mère Li Mei, la fugitive, la divorcée, la morte. Peut-être est-il payé au renseignement, alors il a dû photographier de l'œil le nombre de poissons dans l'aquarium, l'eau qui n'est guère renouvelée, les parois grasses du bassin, que des choses d'importance, et pour finir la présence d'un jeune chien qui batifole dans mes pattes, à la conquête d'une caresse que les deux chats, perchés sur le radiateur, ne cherchent pas ou plus, jaloux de la présence du lapin nain. Alors que je raccompagne le fonctionnaire, je vois qu'il a placé son museau de fouine administrative à hauteur de la petite étagère dans le couloir avec ses quatre à cinq livres, dont il essaye de lire le titre sur la tranche, histoire de vérifier que je n'ai pas à la maison de lectures interdites, des ouvrages du Falungong par exemple dont les autorités font régulièrement de grands autodafés. Il doit se contenter d'un volume que je lui tends avec un sentiment de fierté et de tristesse mêlées, le guide illustré de Paris en chinois, le dernier cadeau de Li Mei.

— Je vous promets que j'irai chercher maman à Paris !

Depuis le départ de papa pour le camp de rééducation, j'ai pris l'habitude de tout cacher sous la petite table qui supporte l'aquarium avec les douze poissons. Une fois le fonctionnaire parti, je m'empresse donc d'aller retirer un petit volume relié en peau, *le Grand Livre de la Libération Naturelle par la Compréhension dans le*

Monde Intermédiaire. Il s'agit d'un texte précieux, caché comme un trésor par un certain Padma sambhava au Tibet au VIIIᵉ siècle de notre ère, et découvert dans une montagne.

Je le parcours souvent et je n'ai donc pas de mal à trouver la prière qui me paraît correspondre au moment. Tout en restant debout, un bâton d'encens dans la main gauche, je lis ainsi, d'une voix déterminée le livre que je tiens ouvert dans ma main droite.

« Ô Bouddhas et Boddhisattvas dans les dix directions, vous qui êtes toute compassion, toute connaissance, tout amour, vous qui voyez tout – vous êtes le refuge des êtres ! Ô vous, êtres compatissants, cette personne qui s'appelle Li Mei est en train de passer de ce monde dans l'au-delà, elle quitte ce monde et accomplit la grande migration. Elle souffre beaucoup, elle n'a ni refuge, ni protecteur, ni alliés. La perception qu'elle a de cette vie décline. Elle tombe dans un abîme sans fond, elle se perd dans une forêt dense. Elle est entraînée par la puissance du devenir, elle pénètre dans une immensité sauvage, elle est balayée par les lames d'un gigantesque océan. Elle passe d'une existence du devenir à une autre, sans aucun pouvoir personnel. Le temps est venu où elle doit partir, seule, sans amis. En conséquence, puissiez-vous, je vous en prie, offrir un refuge à Li Mei, cette personne démunie! Protégez-la! Soyez son alliée! Sauvez-la de la grande obscurité du monde intermédiaire!... »

Quand j'ai fini de lire le texte, je pleure de toutes les larmes de mon corps, des larmes en quantité, personne ne me voit désormais, je prends mes deux chats sur les genoux, le chien est à mes pieds et tient à distance le lapin, je regarde les poissons, et je parle, avec douceur, à mes animaux domestiques, je leur dis ce qui est arrivé à maman, j'allume une cigarette, une des miennes, sans craindre la pendaison ou la dénonciation, j'en ai tellement envie depuis tout à l'heure, et bien qu'il ne soit que dix heures du matin, je me sers un petit verre d'alcool de riz que je bois cul sec. *Ganbei!* Je dois prendre des forces, le fonctionnaire a raison. J'en ai bien besoin, ne serait-ce que pour les jours à venir, prévenir papa, aller chercher maman. Mais avec quel argent? Je suis désormais seul sur terre, maman est morte, papa est en prison, et va y rester pour toujours peut-être; je n'ai ni femme, ni petite amie, personne pour m'épauler, la vraie vie commence, ma vie d'homme. Et c'est maman qui a raison, une fois encore, une dernière fois, *une mère ne ment jamais*, un homme ça fait des enfants, alors je dois m'y mettre, un seul, c'est la loi, avec quelqu'un, et puis après on n'en parle plus, on vit.

16

Dans le pudique silence, que de paroles échangées

Il faut que j'arrive à lui parler. Il faut que je lui parle. Maintenant ou jamais plus, c'est parler ou mourir. Il le faut. Moi, toute muette, toute seule, toute sèche, toute pauvre, toute nue, toute vraie, toute femme, toute mère en puissance, moi tout aimante, il faut que je lui parle avec mes mots, mes faibles mots, mes mots si forts, que je lui parle en direct, avec ma bouche, avec ma langue, avec mes muscles, avec mon cœur et ma vérité. Que ce soit moi qu'il entende, moi, dans ses oreilles et dans son crâne et dans son cœur aussi, dans son corps et dans sa fierté, moi qu'il entende. Il faut qu'il m'entende, qu'il m'entende et me réponde. Car avec ses mots que je ne comprends pas, avec les miens qu'il n'entend pas, avec ce rien qui n'échange rien, qui ne dit rien, qui ne parle de rien, qui n'est et ne sert à rien, ce n'est pas moi et ce n'est pas lui. Il faut qu'il le fasse, qu'il me le fasse, pour moi, si c'est aussi pour lui, tant mieux, mais pour moi, ça suffira. Il le faut, sinon c'est mort, ça n'ovule plus, c'est fini, ça sert à rien tout ça, ces mots d'amour, ces mots sans voix, ces mots, ces gouttes de mots au fond de moi, que personne ne perçoit, ni lui, ni moi, ni aucun autre que nous. Il faut qu'il bande en moi, qu'il jouisse en moi, qu'il féconde, qu'il me donne la vie. Mais il faut que ça sorte d'abord de moi, tout cela, que ça aille en lui, qu'il se passe quelque chose. Jamais je n'ai eu autant besoin de parler et jamais je n'ai eu aussi peu à dire. Je m'en sens, au début, l'obligation, par honnêteté, et puis, très vite après, ça s'efface, ça ne compte plus, je me dis qu'il n'existe pas, que ça ne le regarde pas. Je me dis qu'il ne me croira pas, qu'il ne me comprendra pas parce que j'aurai mis l'accent là où il ne faut pas, placé la mauvaise intonation, l'autre occlusive, la diphtongue de travers, je me dis que, pire, il prendra peur, alors qu'en ne lui parlant pas, ça peut quand même se faire et que c'est ça qui compte, que ça se fasse, que ça vienne en moi, que ça pousse et que ça sorte, et après, l'enfant grandira, seul avec moi. Voilà ce que je me dis.

C'est étrange, cette relation, notre absence de mots, cette impossibilité de savoir, quand, comment, où se retrouver. Je suis là, face à lui, démunie, je n'ai rien à lui offrir que du thé, des plats chinois, mes livres, le pare-chocs de ma voiture, ma compassion, la chaleur de l'appartement, la cheminée pour réchauffer l'oiseau, un fauteuil, un canapé, puis un lit pour finir, faute de mots. Et je me dis que je l'aime, qu'il n'en sait rien, que c'est bien ainsi, qu'il ne comprendrait pas, qu'il m'aime aussi peut-être, mais que je n'en saurai rien, qu'au moins comme ça, on peut tout croire, tout espérer, sans être abusée, sans se forcer, qu'il n'y a qu'à faire confiance, s'abandonner et se donner encore.

Cet après-midi, il est passé une petite heure. Il a sonné, j'étais là, il est monté, quatre à quatre, le bras toujours bandé, à peine essoufflé, quatre étages, à pied. Je m'y attendais, oui, et puis non, je l'espérais plutôt, avec les hommes, rien n'est assuré, avec lui, rien n'est déclaré. Il ne s'excuse pas pour cette nuit, être parti si vite, en me laissant dormir. Ce qui est vrai, présent, ce qui compte, c'est qu'il est passé, entre une conférence de presse et un rassemblement de sans-papiers. Il m'interdit de l'accompagner, ici et là, ne me demande pas non plus de l'attendre chez moi. Je l'attends pourtant sans le savoir, je l'attends tout le temps. Et il vient d'ailleurs, dans l'entre-deux, il vient pour repartir, j'ai bien compris qu'il ne fait que passer. Mais il vient tout de même, il en a besoin : nous n'avons rien à nous dire mais ce que nous avons à faire, nous le savons bien, nous le faisons bien. Au bout de quelques instants, à peine est-il entré, avec son oiseau et sa cage, comme si, désormais, c'était lui, cela, Wen Dong et son bee-eater, ils ne se quittent plus, les meilleurs amis du monde, je prends la veste de son survêtement avec sa légère odeur de transpiration, je l'accroche à la patère en bois dans le couloir, il n'y a pas de feu dans la cheminée, ni de Maotai dans les verres, il avance vers moi, les bras embarrassés, il arrive, vide de don ou de paroles, je lui souris, il me répond, sourit à son tour, je lui baise la main, j'embrasse le diamant froid à l'auriculaire droit, puis vient la maladresse, le recommencement de l'amour, le déshabillage, les pesanteurs du silence et des corps, les gorges qu'on racle, les nuques qui se désarticulent, les mains qui se tordent, les doigts qui s'énervent, la mèche qu'on déplace, l'envie frénétique de le prendre dans mon ventre, la crainte de perdre sa semence, et toutes les nervosités du monde, tous les miasmes, les petits ratés, les mouvements qui ne servent à rien, les gênes accumulées, les déplacements de côté, un pas devant, un pas de travers, le tango des maladroits, les avancées, les reculades, les appuis qu'on prend, les poses qu'on adopte. Et puis les rires, les rires car nous ne pouvons nous parler qu'en riant, en riant sans savoir pourquoi, ni de quoi.

Il faut pourtant que j'ouvre la bouche autrement que pour saliver, l'embrasser, le mordre, le sucer, l'avaler, il faut que je prenne la parole, que je rompe ce silence, que j'articule, que je baragouine, que je patauge, que j'ânonne, que je dise.

Mais déjà, au moment même où je vais trouver les mots pour le remercier d'être passé, de s'être donné, de m'avoir inséminée, déjà, la cage et l'oiseau, *prriitt, prriitt*, il est parti, envolé, il n'a rien oublié, pas même la petite boîte noire, avec les mouches, les libellules pliées, les vers de farine, il a juste laissé un mot d'amour, du moins, je le crois, au début, j'en suis tout émue, mais j'ouvre le papier, je vois que non, qu'il ne m'a rien laissé, à part qu'il a joui, au très profond de moi, et qu'il a tout juste oublié sur le haut de la cheminée la photocopie d'un tract appelant à la manifestation pour les sans-papiers.

17

Je voulais de nouvelles routes,
mais elles étaient trop éloignées

Je préviens Thomas que je répondrai à toutes les questions mais que je veux lire un petit texte, extrait du *Grand Livre de la Libération Naturelle par la Compréhension dans le Monde Intermédiaire*, en introduction de la conférence de presse. Il me dit que c'est *ma* conférence de presse, très attendue par tous, je suis évidemment libre de mes paroles, aussi à peine ouvre-t-il les débats, me présente-t-il à la bonne cinquantaine de journalistes qui se sont serrés dans la salle de classe de l'association d'alphabétisation, je prends la parole en me levant, en expliquant l'importance du Livre des Morts tibétain et que je veux dédier ce texte à tous les sans-papiers qui, comme Li Mei, errent comme des âmes en peine dans ce pays.

Les journalistes me demandent de leur raconter ma vie, celle de Li Mei, à quoi ressemble ma ville, mon pays, ce que je pense de l'entrée de la Chine dans l'OMC, des dissidents, des droits de l'homme, du Tibet, de l'économie de marché, de l'après Jeux olympiques, de la mise en service du barrage des Trois Gorges, de l'Exposition universelle, à Shanghai, en 2010. Ils insistent. Suis-je au parti, au chômage, au RMI ou quelque chose comme ça, quel est mon regard sur Paris, la France, l'Europe, comment j'ai appris pour maman, que devient mon père, le Falungong est-il toujours interdit, qu'est-ce qu'on peut faire, où verser de l'argent, des dons, témoigner, s'engager, protester, apporter des signatures, du soutien, quand aura lieu la cérémonie, avec ou sans le maire de Paris, avec fleurs ou sans couronnes, photos ou pas, qui va payer, est-ce bien pour l'incinérer, pour l'enterrer, vais-je ramener l'urne et disperser les cendres ?

Ils veulent savoir si je suis bien traité depuis mon arrivée, si je vais être reçu par un membre du gouvernement ou de l'Ambassade, si l'oiseau, là dans la cage, qui fait *prriitt, prriitt*, à tout instant, si mon guêpier c'est un cadeau, un compagnon, à moi, à ma maman, si c'est vrai, mon envie d'animalerie, toiletter des canaris, de retour au pays, si je vais me marier, si j'ai l'argent, suffisamment, maintenant, pour l'appartement, pour l'épouse, si j'ai déjà l'épouse, s'il est vrai qu'en Chine, dès qu'une femme a eu son enfant, le sexe est une vraie récréation. Ils veulent savoir si j'ai fait des études en plus de mes deux années à l'armée, si Paris me semble une ville calme comparée à Fushun, hérissée de grues, si je sais que les usines Renault ont accueilli Deng Xiaoping dans les années 30, si je veux bien faire des photos, le plus important pour leurs papiers, des photos choc devant l'immeuble, dans l'appartement, devant le portrait de Li Mei, avec la cage dans mes bras, ils veulent tout cela et davantage encore si on les laisse faire !

Ils me bombardent de questions sur les mafias, me demandent si vraiment, comme on le dit, maman a payé, 15 ou 20 000 euros, pour venir à Paris, si comme on l'a écrit, elle nous a parlé de son projet juste avant son départ, si on a essayé de la retenir, si elle avait déjà payé les passeurs. Ils veulent tout savoir des filières d'immigration, des multinationales du crime, sont-ce des réseaux familiaux, des triades, des têtes de serpent, des bandes organisées, les trafiquants sont-ils bien de Wenzhou, le « ticket » a-t-il augmenté… En travaillant soixante-dix heures la semaine dans des ateliers, peut-on rembourser, en combien de temps, qui s'enrichit, qui sous-paie, qui fraude, qui blanchit, ai-je entendu parler du Soleil Rouge, du Grand Cercle, 14 K, le racket conduit-il à la criminalité, est-il vrai que la mafia coupe des doigts, un par un, à des industriels pour qu'ils lâchent leurs liquidités, les sans-papiers chinois travaillent-ils comme des bœufs, mangent-ils comme des porcs et dorment-ils dans des cages à poules ? Maman a-t-elle été recrutée par un dazibao collé sur une cabine téléphonique, aurais-je par un grand hasard rencontré l'Eventail de papier blanc, le Bâton rouge, la Sandale de Paille, le Maître des encens, le Bambou Uni, la bande des Quatre Mers, Li Mei a-t-elle vraiment fait dix-huit mille kilomètres pour arriver à Paris, quatre mois pour arriver à Douvres en passant par Pékin, la Sibérie, Moscou, l'Ukraine, l'Allemagne, Rotterdam, Zeebrugge, dans des trains, des voitures cassées, des soutes, à pied, mal traitée, la première moitié des 20 000 euros payée au départ, la seconde à l'arrivée ? Ils vont me demander encore si à Fushun aussi, les mafias contrôlent les prostituées, les trafiquants de stupéfiants, les capitaines de jonques, les cireurs de chaussures, les coiffeurs, les tailleurs, les tenanciers de bars et tripots à karaoké, les rickshaws, s'il est vrai que les femmes de la Chine du Nord-Est qui viennent aujourd'hui à Paris, sans papiers, disent qu'elles font des ménages ou des gardes d'enfants, mais qu'elles sont si pauvres, si seules, si maltraitées, à commencer par les autres Chinois, qu'elles font le trottoir à Belleville, ils me demandent cela, à moi, Fan Wen Dong, fils de Li Mei, femme de la Chine du Nord-Est, ils osent me demander cela, si les femmes de ma province se prostituent en France, et puis après, comme s'il y avait un lien, si je sais de quoi vivait ma mère à Paris. Bref, ce sont des journalistes, bien disposés, mais exigeants, curieux, obscènes, ils veulent se documenter, s'informer, enquêter, comprendre comment on en arrive là, comment je vis cela, ils veulent savoir comment tout ça commence, parce que, ai-je conclu au bout d'une heure et demie, parce que pour savoir comment ça va finir, il faudrait être devin !

Voilà, mesdames, messieurs les journalistes, il faut se quitter, c'est terminé, vous savez tout désormais. Tout ou presque. Vous ne m'avez pas demandé si les Chinois parlent et crachent vraiment toujours aussi fort, comment se joue le mah-jong, à quatre, autour d'une table, et dix-huit tuiles dans une muraille de cent quarante-quatre tuiles, si ça rappelle le rami, vous ne m'avez pas parlé de l'importance de la CCTV-9, la chaîne de télévision en anglais, vous n'avez pas voulu savoir si j'aime l'erhu, si j'ai un archet en crin de cheval, si mon père est au camp de travaux forcés de Wujiabao ou au centre de lavage de cerveau de Luotaishanzhuang, si les weiquan, les défenseurs des droits de l'homme, se sont exprimés récemment à Pékin, quel est mon avis sur le chiffre 5, les cinq vertus, la bonté, l'esprit rituel, la sainteté, l'équité, la sagesse, bref les cinq ponts qui enjambent la Rivière d'Or après la porte Wumen, les cinq points cardinaux, dont le centre, les cinq couleurs, les cinq montagnes sacrées, quand sont l'éveil et le souffle, l'alchimie intérieure du qigong, si Bouddha étend ses mille bras, si la gelée rigoureuse achève les orchidées, si le lotus s'élève immaculé au milieu de la vase, si par instants la vie se trompe de cordes, si je pense à la France quand je dors, si dans ma splendeur, je chevauche les nuages sombres, si aux postes frontières, le sang qui coule forme une mer...

18

J'ai des poèmes,
mais je suis trop faible pour les chanter

C'est un appartement d'écrivain, un appartement de célibataire, l'appartement de Thomas
Schwartz, près de la Bastille, dans un grand boulevard, un vieil immeuble, un plan étrange avec
de longs et étroits couloirs qui ne servent à rien
sinon à aligner des livres, de haut en bas, sans
étagères, à aller dans la cuisine chercher des plats
ou dans la salle de bains se laver les mains, puis à
revenir dans l'immense pièce principale. C'est
une pièce quatre ou cinq fois plus grande que le
studio où je vis à Paris ou celui de Fushun, une
vaste pièce où tout se passe, le repas autour d'une
table dans un coin, le travail et l'écriture sur une
autre, plus grande encore, encombrée de livres,
sur le bouddhisme principalement, et plus loin
j'imagine, le sommeil, dans une petite alcôve avec

175

un lit encastré dans le mur. C'est un appartement de célibataire qui vit seul depuis deux ans, un appartement incommode, il y a des chambres bien sûr, deux chambres d'amis, mais sans amis dedans, le long du couloir avec des salles de bains, et c'est là, m'a dit Thomas pendant le dîner, que je pourrai rester si je veux prolonger mon séjour, c'est ma maison, maintenant que je la connais.

Nous dînons chez lui, avec Liu Ping entre nous deux. Mais elle est si discrète, elle se contente de bien traduire nos mots, que nous avons vite oublié sa présence, tandis que celle de mon oiseau se fait, une fois encore, insistante. J'ai pourtant posé la cage dans l'entrée, sous le portemanteau mais mon guêpier est jaloux de la conversation que j'ai avec mon hôte, de notre amitié probablement, de notre intimité, et il a poussé de longs, bruyants et réguliers *prriitt* qui nous ont empêchés de parler, je suis allé le chercher, je l'ai placé à mes pieds, il s'est tu, il a dû s'endormir ou fermer les yeux, mais nous avons enfin pu, avec Thomas, commencer à nous dire ce qui restait enfoui en nous.

Nous l'avons dit en éternuant, l'un et l'autre, parce que nous avions pris froid, devant l'entrée du métro Belleville, à taper la semelle sous la pluie fine et glacée de ce mois de novembre. Autant aux yeux de Thomas, la conférence de presse a été une réussite, par l'abondance des questions et la nature de mes réponses, ma liberté de ton, autant le rassemblement a été décevant par la faible affluence, l'absence des partis politiques, des personnalités qui avaient pourtant promis de venir et par le peu de caméras pour filmer notre protestation. J'ai passé tout mon temps debout avec, posée contre la poitrine, une grande photo de Li Mei dans un cadre. J'ai répondu à des regards, des sourires, des petits gestes affectueux de la centaine de manifestants présents dans ces moments-là et qui, chacun à leur manière, veulent me dire leur amitié, leur solidarité. Je suis au centre de leur mouvement, de leur préoccupation, de cette communauté de croyants et de protestataires. A la fin, vers huit heures du soir, quand il n'est plus resté qu'une trentaine de personnes et qu'il n'y a plus rien à espérer, même avec les porte-voix et les slogans habituels, Thomas a décidé qu'on partait et nous a invités, Liu Ping et moi, à dîner chez lui. Le temps d'aller prendre la cage et mon oiseau boulevard de la Villette, nous l'avons rejoint dans son antre. Il a acheté des gâteaux en bas de chez lui. Sur fond d'un enregistrement du *Concerto numéro un* pour erhu de Kuan Mai-Chung, avec Ma Xiang-Hua comme interprète principale, Thomas prépare une grande omelette

177

et de la salade. Il ouvre une bouteille de vin rouge, puis roule les grains de son mala. Je peux fumer, bien entendu, je suis le seul à fumer, l'odeur du tabac ne dérange personne, et nous buvons tranquillement, bien au chaud.

Thomas m'a dit, d'emblée, qu'il veut me parler d'un sujet personnel. Que Liu Ping peut tout entendre. Qu'elle traduise, sans rien censurer. Qu'il a besoin d'être honnête avec moi mais qu'il ne peut pas tout me dire, pas tout de suite, en tout cas. Pas avant demain, pas avant l'incinération. Après, si je veux, ce sera possible. Il me dit qu'il m'a fait venir de Chine pour maman bien sûr, parce qu'il faut la ramener au pays, mais aussi témoigner de la situation tragique des clandestins en France, c'est un de ses combats aujourd'hui dans l'association, il a d'ailleurs tout abandonné pour ce genre de causes, y compris la femme qu'il aimait et aime encore, mais aussi et surtout, en vérité, parce qu'il a entendu parler de moi et qu'il a voulu faire ma connaissance.

Quand Li Mei est morte, ce 21 septembre, l'histoire l'a bouleversé, il me dira pourquoi, il s'est persuadé que son pays ne tournait pas rond et qu'il fallait se révolter si des êtres humains, et ce n'était pas le premier cas depuis quelques semaines, en arrivaient à se jeter par la fenêtre pour ne pas le quitter. Il a voulu l'écrire, cette histoire, celle de maman, sans y parvenir. Il sait les raisons de ce blocage, car avant d'écrire cette histoire, ou une histoire à partir d'elle, il veut mon accord, il craint d'être impudique. Il veut aussi que je lui parle de moi, de ce que je ressens, de ce qu'était Li Mei pour moi. Pour nourrir son livre, pour ne pas en faire un roman, surtout pas. C'est important pour lui d'écrire cette histoire-là, maintenant, je ne peux pas comprendre tout de suite pourquoi, mais ce livre à venir, son dixième, représente tout ce qui compte pour lui désormais, il n'a pas d'autre priorité, il n'a pas de femme, pas d'enfants, seule la littérature le maintient en vie. Il me dit aussi que j'ai exactement l'âge du fils qu'il aurait dû avoir s'il avait été intelligent durant toutes ces années. Aujourd'hui, pour des raisons un peu longues à détailler, à quarante-neuf ans, ça lui paraît difficile d'être père, il a déjà été un mauvais mari, un piètre amant, alors il ne lui reste plus que de continuer à écrire. Des titres, il en a des dizaines, pour le récit, sa préférence va vers des titres un peu longs. *Pauvre voix d'oiseau, elle annonce l'aurore* lui plaît bien, voilà qui ferait plaisir au guêpier qui s'est enfin tu à nos pieds, mais le public ne comprendrait certainement pas. Ou encore, *Face au couchant, l'ombre fanée d'une courtisane*. Enfin, le titre, ce n'est pas important, utile, si l'on veut nommer ce que l'on écrit, et de toute manière l'éditeur aura d'autres idées, *Une mère ne ment jamais, les cendres de ma mère* ou *le voyage du fils*, ce genre-là, il en est sûr, l'éditeur sait, lui, c'est son métier.

Tout en me parlant, Thomas fait le tour de son mala, roule les grains sous ses doigts, s'enflamme, compte jusqu'à cent, se projette dans ce livre dont j'accepte d'être l'un des personnages, je comprends son envie d'écrire cette histoire, parce qu'elle en dit long sur l'humanité, le désespoir, la solitude, le courage et parce que Li Mei vivra ainsi, grâce à lui, plus longtemps. Je suis disposé, si Liu Ping a le courage de traduire, à lui raconter un peu de moi, ce soir, pour cette veillée sans corps autour de la mémoire de ma mère et qu'il faut en profiter, avant le crématorium demain, avant qu'elle ne soit plus que cendres, Li Mei. Il nous faut profiter du calme de la nuit, du vin rouge et du tabac, et du consentement de mon oiseau, le bruyant guêpier d'Europe, qui s'est enfin endormi.

19

Sachez-le, donner naissance à un fils est une malédiction

La malédiction de Fushun commence avec l'histoire de ma famille. Ma province, une province maritime dans les territoires dits du Nord-Est, prend son nom du fleuve Liao pacifié, Liaoning. Mon pays, c'est la Mandchourie. L'origine de l'Empire Qing qui commence en 1644 et qui s'achève, avec l'abdication du dernier empereur, en 1912. Un pays connu, malgré lui, pour son hospitalité! Que Thomas vienne me rendre visite, il s'en apercevra! Les Russes, profitant de ce que les Chinois sont affaiblis, s'y sont installés en effet, il y a plus d'un siècle, ont fait passer le Transsibérien sur le trajet Moscou/Vladivostok. Puis les Japonais ont débarqué, après la guerre de 1905, finissant par annexer notre territoire au début des années 30 en le nommant Mandchoukouo avant que les Soviétiques n'y reviennent brièvement en 1945, pour laisser le Guomindang et les communistes se disputer chaque arpent de terre. L'histoire, la géographie, le climat, rien ne va chez nous... Comme les tempêtes de poussières sèches, apportées par les vents ocre des régions du lœss, le plateau des Ordos où les alluvions ont tout jauni.

Mais la malédiction, me concernant, est ailleurs. Je suis parti de Pékin pour Paris un 1er novembre, car nous évitons toujours à Fushun de fêter cette date en famille. C'est la date anniversaire de la prise de la province du Liaoning par l'Armée Rouge et les communistes. Ce jour-là, le 1er novembre 1948, mon arrière-grand-père, partisan du Guomindang, de nationalité mandchoue, une ethnie minoritaire dans le pays, fut pendu en place publique à Fushun. Je n'ai compris pourquoi que beaucoup plus tard, alors que partout dans la ville, dans la province, chez mes petits camarades de classe, on fait la fête, on mange des crevettes géantes de Dalian, avec des holothuries, des coquillages, du boudin noir et on boit beaucoup de bière, pourquoi au contraire chez nous, on jeûne, ou presque, ce jour-là, du riz, du riz blanc, du thé vert, de la honte bue et du silence.

Je fais mon apparition dans ce bas monde, bien après la pendaison de l'arrière-grand-père. Le 4 juin 1987. Deux ans avant le printemps de Pékin, deux ans, jour pour jour, avant la grande manifestation sur la place Tian'anmen, où les chars interviennent, mille quatre cents morts, dix mille blessés. On ne fête donc presque jamais mon anniversaire. Petit, j'ignorais tout de la capitale et même de la ville. Je suis né à la campagne, chez mes grands-parents qui travaillent pour une grande ferme collective. Elle produit du kaoliang, du soja, du ginseng, des cocons de tussah, cette soie sauvage dont j'ai emporté avec moi un petit rouleau pour couvrir maman dans son cercueil. Puis, alors que j'ai six ans, mes parents viennent vivre à Fushun pour y trouver du travail. De ce jour, j'ai des migraines. Je n'oublierai jamais cette première journée dans notre appartement de ville. Malgré la porte et la grande fenêtre bien fermées, l'odeur des industries entre par effraction chez nous, m'assaille et me donne mal à la tête. C'est Fushun, cette odeur, c'est ma ville désormais.

L'attraction de Fushun, ce n'est pas une corniche avec une mer démontée, ni même un port animé, une grande artère comme les Champs-Elysées, c'est une gigantesque mine à ciel ouvert, la plus grande au monde. Un immense gouffre au plein cœur de la ville, comme si tout le centre de Paris avait été soufflé par une bombe d'une puissance surnaturelle et qu'on en visitait désormais le cratère. Combien de fois mes parents m'ont-ils emmené là, traîné autour du vide gigantesque, pour regarder au fond du trou les voies de chemin de fer, les locomotives et les wagons de minerai, les engins d'extraction, les petits hommes au visage noirci et aux poumons brûlés ? Toute la journée, toute la nuit, toute l'année, je respire à Fushun les houilles et les schistes bitumeux que l'on extrait par dizaines de millions de tonnes. Les champs pétrolifères de Daquing, non loin, apportent, eux aussi, leurs migraines, d'un autre genre, encore plus tenace. Le cerveau est baigné quotidiennement dans la vapeur d'huile, dans celle du pétrole raffiné. Partout dans l'air, l'amiante, le cuivre, le spathfluor, le charbon, le fer et d'autres produits d'extraction ainsi que la pâte à papier embrument nos esprits, se logent dans nos sinus.

Il faudrait également que je parle à Thomas de mon père, venu à Fushun travailler dans la métallurgie, dans l'un des grands combinats sidérurgiques qui produisent de l'acier pour toute la Chine. Jusqu'à ce que la crise le mette au chômage. Il y a six ans. Ma mère sera licenciée à son tour quelques mois plus tard. Nous avons continué de vivre à l'ombre des hauts-fourneaux, des raffineries de cuivre et d'aluminium ou des usines de machines-outils et de roulements à bille sans jamais plus profiter de leurs revenus, nous avons vécu dans des forêts brûlées par les pluies acides et par l'oxyde de soufre. Voilà pour mon père, Fan Peng, ce qu'il y a à dire, rien de plus : ce n'est pas quelqu'un de très intéressant. Après avoir été au chômage, il a cru combattre son stress avec le qi jong, puis quand maman est partie, il est devenu fou, il a milité pour le Falungong, il ne s'est jamais occupé que de lui, rien pour Li Mei, rien pour moi, maintenant le voilà dans un camp, un laojiao, qu'il y reste, Fan Peng, c'est triste à dire, mais il ne manque à personne, je ne suis même pas sûr qu'il puisse devenir un personnage de roman.

En venant à Paris, dans l'avion, j'ai repassé le film de mon enfance, les grands moments et les ruptures. La plus violente, ce fut quand Li Mei est partie, j'avais seize ans. Ça a été atroce, à l'intérieur, j'ai tout gardé dans mon ventre, dans mon crâne, avec mon père on ne se parlait pas, on ne s'est jamais parlé, on ne se parlera plus jamais, et c'est très bien ainsi, mais j'ai souffert mortellement de cet abandon. Maman le savait, mais il y avait quelque chose de plus fort en elle, le désir de fuir mon père, Fushun, la Chine, celui de m'offrir l'indépendance, les moyens de m'en sortir, de mener une autre vie que cette vie lamentable qui était la sienne. A n'importe quel prix, celui de son sacrifice, à jamais, celui de ma souffrance, au tout début.

Pour ne pas tourner en rond, en l'attendant, j'ai terminé ma dernière année à l'école, je me suis engagé dans l'armée, j'ai marché, je n'ai pas cessé de marcher, une marche militaire, cadencée, je me répétais, un, deux, trois, quatre, cinq, six, une mère ne ment jamais. Trois années passées à boire, fumer et à marcher. Puis, j'ai essayé de travailler. J'ai juste réussi à devenir chômeur. Mais je n'ai pas quitté Fushun. Je ne quitterai probablement jamais Fushun. Aujourd'hui, je suis ici, mais demain, je serai de retour avec les cendres de Li Mei. L'histoire aura bouclé sa boucle, comme on fait le tour des cent ou cent huit grains du mala.

Je me souviens bien de notre dernier nouvel an chinois, la fête du printemps pour maman, avec la maison décorée d'estampes et de papiers découpés. Il y avait eu la soirée traditionnelle, pendant laquelle mes parents avaient noté les noms de leurs ancêtres, leur manière à eux de les convier, on avait veillé, tard, tout habillés, on avait un peu bu, de l'alcool de riz, elle et moi, mon père était ivre mort, on s'était endormis devant le grand show télévisé de la CCTV. Le lendemain midi, au déjeuner, on avait dégusté un bon poisson qu'elle avait préparé, avant d'aller faire, tous les deux, sans Fan Peng qui cuvait toujours, une promenade à la foire pour voir les danses du lion et du dragon. Mais je sentais, je ne sais pourquoi, que quelque chose allait se passer, je voyais venir l'orage, le gros nuage dans le ciel de notre vie. Li Mei s'occupait trop bien de moi, de nous. Quinze jours plus tard, à la Fête des lanternes, maman avait préparé des plats succulents, des boulettes de riz gluant, en forme de lune, fourrés au sésame et aux haricots. Toute une nuit de feux d'artifice, de pétards, de lanternes et de lampions suspendus à de longs bambous. Puis pour la fête des Morts, on était allés sur les tombes de la famille. J'ai nettoyé celle où repose ma grand-mère paternelle, j'ai fait des offrandes et brûlé du papier-monnaie, en y ajoutant des volutes d'encens pour permettre aux âmes de rejoindre les ancêtres. Après tout ce rituel, nous avons fait, en ce 5 avril 2003, un grand pique-nique sur la tombe. Ce fut notre dernier repas de famille. Le lendemain matin, maman était partie.

20

20

Et demain matin, si l'idée vous en dit, revenez avec votre cithare

Je suis allée ce matin au *Phénix*, boulevard de Sébastopol, cette librairie que Malika m'a signalée hier soir comme étant la plus riche en littérature chinoise à Paris. J'ai attendu toute la nuit pour m'y rendre, c'était devenu mon seul objectif de la journée, y renaître de mes cendres de cigarettes fumées à la chaîne. Aller au *Phénix*, avant même le film, la séance de mixage, la petite voix de MD et la discussion avec ma productrice. Je n'ai pas dormi, pas un instant, pour la troisième nuit consécutive, alors je commence un peu à trembler, un léger vertige me saisit, j'ai regardé des films, toute la nuit, ça ne m'arrive jamais à une telle dose. *L'Amant*, bien sûr, pour la cinquième fois, mais aussi, toujours avec Tony Leung Ka Fai, *Double vision* et un petit bout du

189

dernier Assayas, *Boarding Gate*. Je me suis répété cette phrase de Duras dans les *Yeux verts* : « Ce n'est pas la peine d'aller à Calcutta, à Melbourne ou à Vancouver, tout est dans les Yvelines, à Neauphle. [...] Dans Paris aussi j'ai envie de tourner [...] L'Asie à s'y méprendre, je sais où elle est à Paris... » Pour moi, tout était à Paris, également, dans mon appartement, le monde entier était venu l'habiter, l'Asie faisait une entrée en force depuis quelques jours, Tony Leung Ka Fai sur écran comme Fan Wen Dong, deux fois déjà, dans mon lit.

Quand je sors dans la rue ce matin, je me sens déplacée, je ne comprends pas tous ces visages, ces Occidentaux, ces Blancs, je suis ailleurs, dans mon Asie, celle de Wen Dong. A tout hasard, mais sans jamais espérer qu'il m'appelle – car que dire sans gestes ? –, j'ai pris mon téléphone portable, dans ma poche, puis dans la paume de ma main, comme un talisman qui saurait me relier à lui. Aujourd'hui, c'est la cérémonie de crémation de sa mère. Une journée dans laquelle je n'ai pas ma place, je l'ai bien compris. Il est, pour la dernière fois, avec le corps d'une femme de mon âge, qui lui a donné la vie. Arrivée boulevard Sébastopol, je gare ma voiture dans un parking, je fume une ou deux cigarettes à l'intérieur, dans la pénombre, parce que la librairie n'ouvre pas avant vingt minutes je suis en avance, j'écoute la radio, assise au volant de mon Audi, un débat sur la mort de la culture française. Je songe à Duras, tellement française, devenue à ce point universelle que même les Chinois la lisent. J'ai découvert que l'éditeur des œuvres complètes de Duras en Chine en quinze volumes, dans une traduction coordonnée par le Professeur Xu Jun est Chunfeng, *Vent printanier* en français, installé dans le Liaoning à Shenyang! Telle est la gloire de la petite Française de Neauphle-le-Château... Je sors du parking, j'arrive devant la porte de la librairie, à l'heure exacte de l'ouverture, il faut attendre encore un peu, je hais le pavé, le sang glacé tant il fait froid en ce début novembre, neuf heures et trente minutes, la paupière un peu noircie par les insomnies à répétition, la première cliente, la seule d'ailleurs, l'impatiente absolue, comme si j'étais en manque de quelque chose, moi qui n'ai jamais pensé devoir dépendre du bon vouloir d'un libraire pour être heureuse dans la vie, d'un rideau de fer qui remonte trop lentement, d'une porte en verre qui s'ouvre sur un monde merveilleux d'objets cartonnés, de pages posées les unes contre les autres et qui ont passé la nuit, là dans l'obscurité, sagement, reposées, pas froissées, mais trop silencieuses, comme toutes les nuits du monde ; un monde de signes gravés, de signes offerts à qui veut les décrypter, des objets présents, physiquement présents ; un univers de pictogrammes, d'idéogrammes, de traits signifiants, de calligraphies destinées à produire de la phonétique, des caractères immémoriaux. Cet univers m'est familier. Mon mari préférait déjà l'écriture à l'amour ou au partage de moments tendres. A l'époque, nos soirées heureuses se résumaient souvent, avant d'aller dîner chez *Fernand*, boulevard du Montparnasse, à une à deux heures d'abandon dans les librairies du quartier qui ferment tard.

Je me souviens ainsi de cette semaine, il y a deux ans, comment l'oublier cette semaine passée à Toulouse pour un film que nous tournions là-bas sur les descendants des exilés républicains espagnols, ces journées qui n'en finissaient pas, à cause de la technique, des rendez-vous. Je m'étais sauvée de l'ennui, de la mort lente des traintrains locaux en passant des heures dans la librairie *Ombres blanches*, un extraordinaire labyrinthe à plusieurs niveaux, j'avais même sympathisé de loin avec le patron, un bougon sucré-salé, un ancien et tendre gauchiste, qui râlait tout le temps, contre le gouvernement, la ville, les imbéciles, les voyous, la gauche et la droite, les grandes surfaces, la vente par correspondance, par Internet, les infractions à la fameuse loi sur le prix unique du livre, la concurrence en général parce que ce bourru ne supportait pas de ne pas être le meilleur et le seul peut-être à faire – correctement – son métier de libraire. Pour l'énerver, je lui disais que j'avais été dans d'autres librairies toulousaines, d'ailleurs très bien, l'une, très grande, sur la place du Capitole, une autre tenue par deux frères comme des jumeaux, une quatrième par une très jolie femme, que j'y avais trouvé des titres qu'il n'avait pas, alors il pestait, c'était comme une injure faite à son honneur, il se jetait sur son ordinateur, sur ses libraires, sur ses piles, sur le dessous de ses piles, sur ses relevés de caisse, il fulminait et défaisait, ouvrage par ouvrage, brique par brique, son immense édifice de librairie universelle à la recherche du titre incriminé. Ce livre, c'était *Ecrire* de Marguerite Duras, publié chez Gallimard. Il comprenait un texte dont Benoît Jacquot avait tiré un film, *la Mort du jeune aviateur anglais*, tourné dans le propre appartement de Duras à Paris mais du livre, je voulais surtout lire la première partie qui était une belle méditation, m'avait dit Malika, sur l'importance d'un lieu, d'une maison pour écrire, pour créer.

Mon mari était venu me rejoindre à Toulouse en fin de semaine, nous avions pris une jolie chambre au *Crowne Plaza*, avec vue sur la place du Capitole, nous avions passé à l'extérieur une soirée ennuyeuse, donnée par les édiles locaux en l'honneur du tournage, ennuyeuse jusqu'à l'arrivée d'un étrange personnage, que mon mari surnomme affectueusement, «notre» Ceausescu du Sud-Ouest. Ça nous a fait rire, nous n'avions pas ri depuis longtemps et nous riions pour la dernière fois, je m'en doutais un peu, à dire vrai je le redoutais. On est rentrés à pied à l'hôtel, en passant par de vieilles rues pavées, presque tristes d'avoir été détournés de nous-mêmes par ces occupations de province, des cocktails inutiles, tristes de la tristesse de notre couple, nous avons parlé de nous séparer sur le chemin, de nous séparer pour toujours après dix années de mariage, c'était la première fois, il valait mieux arrêter notre histoire quand elle était encore belle, sans violences, même si des trahisons, il y en avait déjà eu.

Ce soir-là, j'ai appris que mon mari avait une maîtresse, je m'y attendais, je l'espérais presque pour lui, non pas une maîtresse mais plusieurs, puisque nous ne faisions plus l'amour, mais je ne m'attendais pas à ce supplément de douleur quand il avait ajouté que je ne «pouvais comprendre» ce que représentait sa relation avec cette femme. C'était déjà dur de s'entendre dire ces mots-là, même s'il fallait qu'ils sortent un jour, mais je me serais passée d'apprendre qu'une autre femme partageait avec lui un secret dont j'étais exclue, dont j'étais incapable de saisir le sens, beaucoup trop sophistiqué pour une âme simple comme moi ! Être abandonnée, être trompée, voilà bien le menu ordinaire servi par un homme à une femme, mais être niée dans son intelligence, dans sa capacité de pardon ou d'oubli, être reléguée dans son ignorance, dans son « manque d'imagination », c'était trop pour moi. Vers trois heures du matin, dans la nuit blême de ce début d'été, dans la pâleur des réverbères qui jetaient sur la façade du rouge Capitole un manteau un peu boueux, notre histoire était morte, j'avais décidé de me séparer de lui, sans attendre. Il s'était assoupi, épuisé d'avoir tant parlé, tant parlé avec sa femme, ce qui chez lui était si rare, sauf quand il s'agissait de politique. Je n'avais pas dormi, tout habillée, prête à la fuite, allongée à côté de lui, comme une morte, une macchabée du désir, je me sentais atrocement seule, je suis descendue sur la place du Capitole à sept heures du matin, je me suis installée au café, il faisait beau, déjà un peu chaud, une terrasse, le sol avait été lavé à grands jets, les verres brisés des cannettes de bière d'après le concert avaient été balayés, c'était au cœur de juin, et nous avions décidé de rester en ville le week-end pour assister à des lectures dans le cadre d'un festival, un des textes de mon mari, ancien, mais très beau, devant être lu par Valérie Lang au Cloître des Jacobins.

J'ai parcouru *La Dépêche du Midi*, j'ai vu ma photo avec les vieux militants anarchistes espagnols qui avaient fait souche à Toulouse dans les années 30, j'ai lu les autres quotidiens, j'ai regardé le marché s'installer, la ville s'animer, les gens parler tôt le matin, une spécialité locale, la tchatche, la tchatche à la Nougaro. Puis vers huit heures et demie, à mon troisième double espresso, j'ai vu passer devant moi le libraire d'*Ombres blanches*, il allait à son magasin, là juste au coin, j'ai reconnu sa silhouette rassurante, sa légère claudication, ses joues d'écureuil, avec ses réserves, des réserves de conscience politique, de souci du monde, qui m'évoquaient mon mari. Il avait le visage de l'homme préoccupé du détail comme de l'essentiel, j'ai voulu l'interrompre, et je ne sais pas pourquoi je l'ai hélé en criant « Christian, Christian ! », avec une familiarité que notre unique rencontre ne justifiait guère, il a répondu à mon injonction, il s'est retourné, j'ai tant aimé son sourire à ce moment-là, c'était le sourire d'un homme généreux, c'était exactement ce qu'il me fallait après cette nuit blanche, la nuit de la séparation. Il est venu vers moi, simplement, il avait l'air content, très content même de me voir, il s'est assis, a commandé un café et m'a dit que ça tombait bien justement, qu'il avait pensé à moi, cette nuit, il s'est repris, il a dit qu'il avait pensé au livre que je lui avais demandé et qu'il n'avait pas trouvé dans son stock de 115 000 titres – et il avait bien insisté à dessein sur le chiffre de 115 000 – mais qu'il croyait savoir où il était puisqu'il était bien référencé sur l'ordinateur, c'était de sa faute s'il n'y avait pas pensé plus tôt, si je l'accompagnais à la librairie, après notre café, il pourrait certainement me l'offrir.

Nous avons sympathisé, il me posait des questions, cela faisait longtemps me semblait-il qu'on ne me posait plus de questions, il m'a dit, sans enthousiasme, qu'il connaissait mon mari, venu chez lui pour une signature, trois ans plus tôt, mais qu'il n'avait pas lu son dernier roman. La librairie était encore fermée à cette heure, nous avons parcouru les rayonnages sans croiser personne, c'était impressionnant, pour moi, un homme idéal, un homme qui rassemble autour de lui tant de livres, nous sommes montés à l'étage et là, dans son bureau, il m'a tendu *Écrire*. « Il fallait que je sois troublé tout de même, c'est un livre que je m'étais mis de côté pour le relire, il y a des pages qui m'avaient bouleversé.» Et il s'est mis à me lire ce qui lui plaisait : «La solitude de l'écriture c'est une solitude sans quoi l'écrit ne se produit pas... Il faut toujours une séparation d'avec les autres gens autour de la personne qui écrit les livres. C'est une solitude. C'est la solitude de l'auteur, celle de l'écrit.» Je l'avais regardé lire, le livre collé à ses lunettes, comme un moine au réfectoire, lire la parole de Duras et il m'avait tellement plu dans le sérieux, dans sa délectation aussi que je m'étais dit que la vie serait belle si on troquait son mari contre un libraire et que j'avais de la chance d'avoir rencontré Christian ce jour-là, dans cette situation-là. Je le pris dans mes bras, l'embrassai sur le bas de ses joues, à l'extrémité des lèvres, et je vis bien que ce baiser l'avait profondément troublé. Je pris congé de lui avec son livre dans mon sac.

De ce jour, je sais à quoi conduit l'amour d'un livre, je sais aussi qu'un libraire peut faire plus de bien qu'un psychanalyste ou un yogi. C'est pourquoi, faute de pouvoir parler avec Wen Dong, ce qui m'est de plus en plus pénible, de crainte que notre relation ne s'épuise très vite, bien avant son départ, je veux pouvoir passer du temps avec les auteurs de son pays, en partager l'imaginaire, les paysages, les phrasés, m'emplir des mots de son peuple, des légendes de sa province, des vérités d'aujourd'hui comme des leçons de l'histoire de la Chine. Il n'y a rien d'appliqué dans cette démarche, rien d'encyclopédique, je n'ai à dire vrai aucun avis sur ce pays, sauf peut-être qu'il est grand, trop grand, peuplé, trop peuplé, puissant, trop puissant, injuste, méprisant des droits de l'homme, des droits des Tibétains, honteusement ignorant de la réalité du sida, hypocrite avec son fonctionnement à deux vitesses, je n'ai aucun avis sur les délocalisations ni sur le conseil de Sécurité des Nations unies, non, je dédaigne tout point de vue sur la Chine, bien que ce nom me fascine par ce que les maoïstes nous avaient fait croire au moment même où je venais au monde.

Aujourd'hui, pour moi la Chine, c'est un homme, une peau, un sexe contre mon ventre, un enfant peut-être, j'ai un amant chinois, un amant qui vient de là, et pas même de Pékin, de Shanghai, de Hong Kong ou de Canton, de ces territoires connus, approchés chaque jour par des milliers de touristes et d'hommes d'affaires, non un amant de la Chine du Nord, un vrai, pas celui de Marguerite Duras, qui n'en était qu'origi-naire. Mon Mandchou à moi, il vient tout juste d'arriver de Fushun et plus de Fou-Chouen, ce

n'est pas un personnage de roman colonial avec
fume-cigarettes et parfum chic, il a quitté son
Liaoning natal pour que je le renverse avec mon
Audi noire un soir de pluie glacée. J'ai couché
avec Wen Dong. Je veux seulement partager, être
dans sa langue, dans sa tête, je veux m'imprégner
de la Chine. Je veux que son enfant, son fils ou sa
fille, si jamais je suis enceinte, entende, sente la
patrie de son père.

Le cinéma chinois me propose des histoires,
certes, d'habiles et magnifiques récits, *le Cerf-
volant bleu*, *les Plaisirs inconnus*, *Terre jaune* ou
Beijing Bicycle, mais je les trouve trop déterminés,
avec des personnages en chair et en os, des visages
d'acteurs et d'actrices, alors que la littérature me
laisse plus de liberté, plus de place pour me glisser
entre les mots, pour sauter une phrase ou un
paragraphe, m'assoupir, reprendre, me représenter tel ou telle, mettre les traits de Wen Dong sur
un caractère, imaginer sa réaction, sa réplique.
J'ai bien le sentiment que la lecture de Marguerite
Duras me conduit imparfaitement vers lui, que ce
dont elle parle, c'est l'Asie des colonies françaises,
la nostalgie européenne, quelque décor reconsti-
tué et pas du tout le Fushun d'aujourd'hui.

Un jeune libraire asiatique qui paraît tout
connaître sur le sujet me conduit au rayon chinois, on y trouve l'Antiquité et le roman littéraire

classique, mais également le conte, le théâtre, la poésie classique et moderne, le roman de Taiwan ou de Hong Kong. Il me conseille quelques bonnes introductions à la culture chinoise, je lui fais confiance, j'ai ouvert mon cœur, alors le portefeuille suit allègrement, il remplit les bras d'une assistante qui ne nous lâche pas. Quand il me faut entamer les textes chinois eux-mêmes, les traductions, je ne peux guère me fier qu'à la beauté des titres. « En matière de littérature chinoise, on reste toute sa vie à l'école, tant il y aurait à apprendre », ajoute le libraire, pour me décourager. Plutôt que d'acheter tel ou tel livre, il me prend alors l'envie de noter sur un petit carnet la litanie des œuvres que je ne lirai pas, que probablement Wen Dong n'a jamais lues, mais qui composent, par leur poésie, une magnifique frise pour accompagner notre histoire et qu'un jour peut-être, un enfant né de nous lira. C'est un petit carnet Rhodia, du plus petit format qui puisse exister, aussi j'écris à chaque fois sur une page blanche le titre d'une œuvre de la littérature chinoise.

21

Je les brûlerai,
que le vent emporte les cendres

J'ai froid, j'ai les pieds gelés dans ces souliers vernis trop larges qu'on m'a prêtés pour la cérémonie, sur la dalle de béton du crématorium qui en a vu d'autres, tant et tant de morts, de larmes, de destins brisés et de familles éplorées. Je suis en veste blanche, en pantalon blanc, mal repassés, des plis partout, mais immaculés avec une énorme fleur blanche découpée dans du papier crépon et glissée à la boutonnière comme c'est l'usage chez nous. Je suis debout, je ne tomberai pas, pourtant je suis fatigué, épuisé, j'ai raconté ma vie à Thomas jusqu'à six heures du matin, je lui en ai dit beaucoup, plus que je le pensais, il prenait des notes, j'ai dormi chez lui, très peu, c'était étrange, cette confession pour son projet de livre. Liu Ping a été admirable, elle a tenu le coup, elle est restée dormir dans l'appartement, elle aussi, on s'est réveillés tous les trois au même moment grâce à mon oiseau qui braillait, il était neuf heures. *Le Voyage du fils*, ce livre de Thomas nous a tous rapprochés, maintenant ce n'est plus comme avant, cette nuit restera gravée, on a fêté ça, tout en sachant ce qui nous attendait, avec du café très fort, du pain frais et du beurre demi-sel. La journée a été dévorée par quantité de formalités, je suis passé boulevard de la Villette, pour me changer, nous avons signé des papiers avec Thomas. J'ai pris le temps d'aller déjeuner chez Anne qui m'attendait, avec de grands cernes noirs sous les yeux, comme moi, très fatiguée de ne plus dormir, au milieu d'un tas de films et de livres, par terre, de petits papiers qu'elle ordonnait sur le sol, nous avons fait l'amour sur un tapis, j'ai joui deux fois, elle autant, c'était bien. Puis je suis allé, avec Thomas, au Père-Lachaise, un peu en avance pour la cérémonie afin d'attendre le cercueil qui venait de l'Institut médico-légal.

Mon bras me pèse et me fait mal, je ne porte plus la bandoulière, mais je me tiens droit, j'attends quelque chose qui n'arrive pas. Je ne me retourne pas mais j'entends partout derrière moi les sanglots, les raclements de gorges, les soupirs et les gémissements des nez qu'on mouche un peu bruyamment, j'entends l'humanité quand elle se rassemble, communie, exorcise, mais je ne pleure pas, moi, pas une larme au coin de l'œil, et malgré mon bras si douloureux, malgré l'absence de sommeil, je suis encore debout. A mon côté, Thomas me soutient quand je vacille. Je mets un point d'honneur à ne pas tomber, ne pas pleurer, ne pas me plaindre. Ici, c'est un crématorium, non chauffé en hiver, un paradoxe quand on sait à quoi ça sert ce lieu, c'est le crématorium du Père-Lachaise, le cimetière principal de Paris, un lieu assez romantique, sauf pour ceux qui viennent y brûler ou enterrer leurs proches. C'est une sorte de mausolée, sans Mao Zedong à l'intérieur, une voûte, une église sans Dieu, sans prêtres, sans religion, un endroit finalement neutre, plutôt laid, l'endroit du monde où tout se termine, où tout se réduit en cendres, en poudre plus ou moins grise et épaisse, c'est le moulin à farine de nos corps, avec deux travées, et deux cents chaises au moins, qui font face à un lutrin et, derrière, à une sorte d'abside, un étage surélevé et un grand coffre en métal en haut, au fond. Les entrailles de la mère où le feu brûle. Il est cinq heures, c'est l'heure précise du rassemblement ultime, le dernier adieu à la morte, tout le monde est rentré, on s'est serré pour ne frustrer personne, ceux qui sont derrière ont de la chance, ils ont chaud, tassés qu'ils sont les uns contre les autres, solidaires de leurs douleurs par anoraks interposés. Les journalistes sont restés dehors, Thomas a fait interdire les caméras et les appareils photo à l'intérieur. Nous voilà entre nous, petite maman.

Je suis en tête du cortège, même la mort tient à son protocole, il n'y a pas que la maladie ou la diplomatie qui l'exigent, les places officielles, à droite la travée de la famille, c'est-à-dire moi, moi seul, fils unique de Li Mei et de Fan Peng, à mon côté, Thomas Schwartz, qui égrène son chapelet et dont le projet de livre est en moi comme un soutien précieux, Liu Ping aussi, ma petite sœur wenzhou, si brave et si bonne inter- prète de nos cœurs, et puis personne d'autre, si, des Dongbei qui n'ont pas connu maman, mais qui sont là, parce qu'ils habitent dans le quartier, qu'ils sont de l'immeuble, le 41 de sinistre réputation, les trois autres locataires qui partagent l'appartement, le compartiment de chemin de fer, plutôt, et encore en troisième classe, et qui, eux aussi, n'ont pas connu maman, décidément personne, à part moi, n'a connu Li Mei et sa triste histoire. A quoi bon vivre quatre ou cinq ans dans une ville, dans un quartier, dans un pays comme la France, avec sa liberté, son égalité, sa fraternité si c'est pour mourir sans ami, sans connaissance, sans personne pour se souvenir ? A quoi bon avoir laissé derrière soi un ex-mari et un fils, et quelques animaux domestiques ? Il n'y a que Samia, juste derrière, en larmes, le visage crispé par le remords, Samia, qui n'a connu maman qu'à l'extrême fin, sur le pavé du 41 boulevard de la Villette, ce 20 septembre, baignant dans son sang, en attendant le SAMU. Un regard qu'elle n'oubliera jamais. Et derrière nous, il y a tout le peuple des Chinois de Paris, ceux qui n'ont pas de papiers et qui se sentent protégés d'être là, dans cette assemblée, du bon côté de l'assistance, en spectateurs, ceux qui ont des papiers et qui se souviennent qu'ils n'en ont pas toujours eu, des grands, des petits Chinois, des familles avec enfants venus pour me témoigner un peu d'affection. Il manque Anne, bien sûr, qui voulait venir : je l'en ai dissuadée parce que notre histoire est autre chose, parce que sa présence m'aurait détourné de mon devoir de fils et puis, pour être honnête, devant le corps de maman, devant maman, là pour ce dernier rendez-vous avec elle, dans ce moment si singulier, j'aurais été vraiment mal à l'aise, au côté d'une autre femme avec qui j'ai fait l'amour le jour même, à l'heure du déjeuner, tandis qu'on préparait le corps de Li Mei pour son dernier voyage.

La travée de gauche est occupée par les officiels, l'adjointe au Maire de la Ville de Paris, une belle femme brune qui m'a embrassé avec chaleur et sincérité, c'est elle qui offre la cérémonie, et puis, à côté d'elle d'autres élus de la ville, le représentant d'un parti, un homme important me dit-on, une pipe éteinte à la bouche, sympathique lui aussi, très concentré pendant toute cette attente, dans ce froid. Enfin au bord de la travée, au premier rang, à côté de moi, avec le vide qui nous sépare, tout ce que je déteste, le Consul de Chine à Paris, un gros bonhomme, très grand, très large aussi, un diplomate, un profiteur, certainement, qui doit être de Shanghai si j'en juge par son accent de mépris pour les Chinois du Liaoning. Thomas dit que c'est une grande victoire qu'il soit venu, car d'habitude l'Ambassade et le Consulat chinois ne veulent pas entendre parler des clandestins, comme s'ils n'existaient pas, mais cette fois, l'histoire a fait un tel bruit… « Quelque chose est en train de bouger », c'est la phrase favorite de Thomas, il a raison de le dire, de l'écrire, de le crier sur tous les toits, y compris ceux de la Préfecture de Police et de tous les commissariats de quartier, il a raison de le croire, sinon autant se tirer tout de suite une balle dans la tête. Thomas ne cesse de répéter que depuis la mort de Li Mei, depuis toutes les manifestations, la médiatisation de la tragédie, il n'y a plus de contrôles arbitraires dans le quartier, moins de reconduites à la frontière, moins de peur, moins de stigmatisation. Il me serine cela, matin, midi et soir, en insistant sur le fait que c'est grâce à Li Mei, son testament ou plutôt son héritage, et je l'arrête dès qu'il commence à dire qu'elle n'est pas morte pour rien, car franchement, cela on ne peut pas le dire d'une femme tombée du premier étage parce qu'elle a cru que la police venait l'arrêter alors que le contrôle ne la concernait pas, oui, ou plutôt, non, désolé, Thomas, n'écris pas cela dans ton livre, dis bien que Li Mei est morte pour rien, l'infiniment rien, une mort dérisoire, nullement exemplaire, une mort qui n'a servi à rien, si ce n'est à me faire venir de très loin pour assister à la crémation du corps de ma mère, en attendant de ramener ses cendres dans notre pays, dans le cimetière de Fushun, près de la grande mine à ciel ouvert.

Derrière les représentants de la Ville de Paris et ceux de l'Ambassade, il y a enfin les généreux, les militants des Réseaux Education sans Frontières, de l'Association Hui Ji, les syndicats, les collectifs d'établissements, de nombreuses femmes et hommes qui sont venus à la manifestation au métro Belleville et ne sont pas près d'oublier la mémoire de Li Mei. C'est à eux qu'il faudrait dédier le livre de Thomas.

Soudain, dans ma nuque, je sens l'air froid du dehors, les portes du crématorium s'ouvrent en grand, je comprends au murmure que c'est maman, une maman solennelle, imposante, qui fait ainsi son entrée, à heure dite, portée par quatre automates vêtus de noir, accablés par la tâche, par le poids des corps, par cette vie de chien qui consiste à soutenir les morts dans le ciel. Le cercueil, en bois verni foncé, est avancé, les hommes me frôlent au passage dans la travée centrale, et te voilà, Li Mei, c'est ta dernière sortie en ville, à l'horizontale, on t'installe sur deux grands tréteaux, tu domines ton monde. Et tu nous regardes. Du fond du crématorium, un homme, dans un costume gris foncé, avec une cravate grise, un homme tout gris, chauve, maigre, légèrement voûté, un homme doux avance lentement, tout paraît calculé, il arrive devant le lutrin au moment même où la musique s'arrête, il compatit, c'est vraiment le mot, il ne connaît pas maman, mais fait comme s'il était affecté, comme s'il devait se déplacer sur du velours, comme si tout devait être feutré pour ne pas faire mal, il parle lentement, en d'autres circonstances on se serait endormi. Je suis extrêmement confus, j'ai tant de choses en tête, tant de rôles à tenir, tant de fatigue, tant d'heures de sommeil qui manquent, il y a tant de gens qui me regardent, je sens leurs yeux dans mon dos, j'ai la tête lourde, prête à exploser, j'ai importé avec moi à Paris la migraine de Fushun. J'ai relu deux ou trois préceptes bouddhistes avant de venir, pendant que je m'habillais, avec ma tenue blanche, dans le studio, c'est un des trois Dongbei qui m'a parlé d'immortalité, de vie exempte de la mort, de la grande et totale Extinction et de ces « portes qui mènent au Non-Mourir ». De cette mort qui serait pour nous tous, et d'abord pour Li Mei, un moment de liberté absolue où l'esprit subtil perd tout lien avec son incarnation, un moment hors du temps, une frontière sans épaisseur. Je ne suis pas sûr de tout comprendre. Pourquoi se dire que la naissance est la cause de la mort ? Comment faut-il se comporter dans l'intervalle, dans la vie ? « Ta mère est comme un cygne de la montagne, qui va d'un lac à l'autre », m'a dit Liu Ping tout à l'heure en entrant dans le crématorium et cela, parce que c'est beau, parce probablement l'âme de Li Mei va se déplacer ailleurs, cela, je m'en souviendrai à jamais.

Pendant que l'officiant psalmodie, qu'il explique qui était Li Mei, qu'il dit les mots convenus, j'ai de plus en plus froid, je ne sens plus mes pieds, mes jambes, tout le bas de mon corps est endolori, je suis comme paralysé, les nuits sans sommeil pèsent sur moi, je m'échappe, je n'écoute plus, je revois tout, des choses s'éclairent lentement. Je sens la main de Thomas qui prend la mienne, qui abandonne le mala, et qui me dit que c'est mon tour, après les mots de l'officiant, que c'est à moi de prendre la parole.

> *Devant mon lit, la lumière de la lune.*
> *Serait-ce du givre sur le sol ?*
> *Je lève la tête et contemple la lune.*
> *Je baisse la tête et pense à mon pays natal.*

Je lis ce court poème de Li Bai, là devant la scène. Je suis seul, sous les regards, je sais bien que ce n'est plus Li Mei qui est au centre de la cérémonie, mais moi, le fils de la morte, désormais objet de toutes les attentions avant de l'être face aux flashes dehors, sur le perron. Car la morte n'est plus à voir, son portrait sur un lutrin, à côté du cercueil, paraît déjà sorti des archives, tant de journaux l'ont publié, toujours la même image, grave, retenue. De ma poche, j'extrais un morceau de tissu blanc, la couleur de la mort, de la grâce et de la révélation, puis j'en ceins mon front. Enfin je m'incline devant le cercueil. J'ai bien appris, dès mon enfance, l'art de prier, même si nous ne sommes pas croyants, ni Li Mei, ni mon père au demeurant. Je sais pourtant que le jour de son mariage ma mère a imploré Guanyin, la garante de la fécondité des femmes qui veulent un fils et qu'elle a été entendue, j'en remercie la déesse, mais sa dévotion s'est arrêtée, je crois, à cela. Je porte d'abord mes mains à la hauteur de la gorge, siège de la parole, puis à la hauteur du cœur, siège de l'amour. Pour prier, les cinq parties du corps doivent en effet toucher le sol, les deux genoux, les paumes des deux mains et le front. C'est la demi-prosternation. Une fois, deux fois, trois, quatre, cinq fois, je m'allonge ainsi, vite, nerveusement. Je frappe mon front contre la dalle, avec un petit bruit sourd qu'on entend nettement, l'assistance frémit, je le sens, à la vision de ce fils de la morte qui s'est fracassée sur le pavé du boulevard de la Villette. A quoi succède, dans la tradition, la prosternation entière, j'étends tout mon corps, j'étends les bras, je pose mes deux mains à terre, je m'étends le plus possible, mais je ne me repose pas, je me relève aussitôt et quatre fois encore, je me prosterne entièrement.

Puis vient le tour de parler, c'est à moi de dire l'oraison funèbre, au nom de la famille, de la défunte. Thomas prendra son tour, au nom de ses amis. Je suis debout, je parle à ma mère, je lui parle et Liu Ping traduit.

22

Que pour moi s'ouvre le bois
de ton cercueil/ Tes doigts fins et blancs
sont comme de jeunes pousses

Lorsque Thomas termine son oraison par cet extrait d'un poème chinois (« oui, je veux t'aimer d'un amour sans fin et sans faiblesse... »), je me suis dit qu'il a bien mieux parlé que moi de maman, si j'en crois la traduction à l'oreille de Liu Ping, il est donc prêt à écrire le livre de Li Mei. C'est incroyable ce qu'un écrivain peut dire sans vraiment savoir, cette manière de se mettre à la place de son héroïne, de s'adresser à elle, de parler d'elle, comme s'il l'avait connue, comme s'il avait été du cercle de ses intimes. Lorsqu'il regagne notre rang, je lui prends le bras pour lui dire merci, il ne contient plus ses larmes, il a le visage baigné de désarroi. Tout continue pourtant, la cérémonie, un implacable protocole, on porte le cercueil jusqu'au fond de l'abside, on le place dans la grande boîte en métal qui descend en silence dans les profondeurs du four brûlant tout ce qui s'oppose à l'élévation, tout le registre des fantômes, des souffrances de la forme et de l'ombre, ne gardant que la cendre, le résidu. C'est l'heure du rituel du feu, source de lumière, qui nettoie nos corps de toutes nos souillures, qui met fin à l'expérience du *corps esprit grossier*, mon regard accompagne le cercueil comme une main légère, je ne me frappe pas la poitrine, je ne me lamente pas, pourtant dans l'assistance on entend des cris, des gémissements, des plaintes, ce sont les Chinoises, notre rituel du deuil ; moi je suis ailleurs, on jette une poignée d'encens dans un grand tripode en bronze où déjà se consume le charbon, la fumée forme des perles dans les airs, de nombreuses bougies votives renvoient le reflet de leurs flammes, quand la machine se referme, avec à l'intérieur, le corps de maman. Je crois deviner dans l'interstice, une claire lumière, qui pourrait ressembler à ces cieux d'avant l'aube, je vois cela, cette beauté, j'imagine le jour qui commence, une musique qui me berce, une main qui me caresse le front, une main qui saisit ma main, le diamant à mon doigt, dur, inalté-rable, limpide qui renvoie l'image d'une femme souriante, c'est Li Mei, sauvée d'elle-même, des autres et de l'oubli.

Égaré de désir, je crois qu'il est ici

Jeudi, six heures du soir, allongée sur mon sofa, je consulte mon petit carnet. Je l'épluche, page à page, et j'envoie dans le ciel de mon salon les feuilles volantes. Lorsque Wen Dong viendra me rejoindre, s'il vient, je lui demanderai de choisir un titre, une feuille, qu'il la ramasse là où elle se sera envolée dans l'appartement, j'irai ensuite acheter l'ouvrage pour le lire.

J'ai effeuillé ainsi une bonne centaine de titres.

Les formes du vent. Les paradis naturels. Propos sur la racine des légumes. Passe-temps d'un été à Luanyang. Traité des caractères. Souvenirs rêvés de Tao'an. L'Ombre d'un rêve. Nuages et pierres. Randonnées aux sites sublimes. La Dame aux pruniers ombreux. Jardin des anecdotes.

Fleur en fiole d'or. L'ivresse d'éveil. Le poisson de jade et l'épingle au phénix. Tout pour l'amour. Biographies des regrets éternels. Royaumes en proie à la perdition. Le cheval de jade. Belle de candeur. L'antre aux fantômes de collines de l'Ouest. A la recherche des esprits. Fleurs de Shanghai. A mari jaloux, femme fidèle. De la chair à l'extase. L'Odyssée de Lao Ts'an. L'amour de la renarde. Le rêve dans le pavillon rouge. Spectacles curieux d'aujourd'hui et d'autrefois. Chroniques de l'étrange. Au bord de l'eau. Les larmes rouges au bout du monde. Le pavillon aux pivoines. Le signe de patience. Chronique indiscrète des mandarins. Pérégrinations vers l'Est. Les saisons bleues. Destruction. Paysages, miroirs du cœur. Une mouette entre ciel et terre. Le Dragon, les tigres, le chien. Famille. Nuit glacée. La Cangue d'or. Rose rouge et rose blanche. Hommes, bêtes et démons. La forteresse assiégée. Contes anciens à notre manière. Quatre générations sous un même toit. L'homme qui ne mentait jamais. Gens de Pékin. L'enfant du nouvel an. La cage entrebâillée. Le passeur de Chadong. Le petit soldat du Hunan. Des âmes simples. Rivières d'automne et autres nouvelles. Shanghai, fantômes sans concession. L'Opéra de la lune. Dialogues en paradis. La rue de la boue jaune. Masques et crocodiles. Nous sommes nées femmes. A la mémoire d'un ami. Les nuages noirs s'amoncellent. Beaux seins, belles fesses. L'eau et les nuages. Celle qui dansait. La démone bleue. Rivière d'automne. Le chagrin des pauvres. Prière pour une âme égarée. Je t'aime, Wen Dong.

24

Homme de chair
encore dans les rêves de gynécée

Il ne vient pas, il est dix heures du soir, il ne viendra peut-être pas. Je feuillette encore les petits papiers « chinois », je ne peux m'en détacher, les titres me font voyager, espérer. *Étincelles dans les ténèbres. Impressions à la saison des pluies. Le livre des secrets de l'alcôve. L'école des vers à soie. La Cendrillon du canal. Voyage au pays de l'oubli. Et tout ce qui reste est pour toi. Le jardin des égarements.* Ma quatrième nuit sans sommeil, je ne suis même plus fatiguée, je suis détruite, alors j'ai fait ce qu'on rêve souvent de faire : passer une nuit entière à lire, relire ou parcourir l'œuvre d'un écrivain, à n'être qu'avec lui ou elle, mais dans son intégralité ou presque. Je me suis habillée comme Duras, pour passer la soirée avec elle, un gilet noir, une jupe droite, un pullover à col roulé et des bottes courtes. Marguerite me tient compagnie, trois rayonnages, une bonne centaine de livres avec les commentaires, les albums de photos, que j'ai mis à plat, sur le sol, toute une vie d'écriture, et moi assise dans le sofa, les pieds face à la cheminée, je passe d'un ouvrage à l'autre, je vérifie qu'il ne manque rien dans mon film, rien d'essentiel, rien de l'importance de Duras et en même temps, je note dans un autre carnet ce qui me paraît déterminant en cet instant dans ses mots. Il y a même un petit livre, le dernier, si l'on peut parler d'un livre, parce que c'est vraiment sur le mode très mineur, avant de mourir, où elle parle d'elle à la troisième personne, un livre que j'avais évité d'ouvrir jusqu'alors mais où je viens de trouver à l'instant ce que je veux, que je destine évidemment à Wen Dong, et qui me donne la chair de poule, à la seule idée qu'elle ait vécu cela, elle aussi : « Le nom chinois de mon amant. Je ne lui ai jamais parlé dans sa langue. » C'est cela qui fait littérature, qui fait d'elle une indispensable compagnie, quand les mots des autres soudainement semblent couler dans vos veines ou sortir de votre bouche. Comme ceci, dans *C'est tout*, ces mots pour parler à Wen Dong de son cher bee-eater : « C'était inutile d'entendre son chant, parfois rieur, parfois triste, parfois morne. Très vite il est redevenu l'oiseau que j'avais connu dans les champs. »

Demain matin, Wen Dong a rendez-vous dans un studio d'enregistrement, on va le filmer, de face, de profil, lisant en chinois des textes, ce qu'il veut, qu'importe, on n'entendra rien que la voix off, une femme qui lit des extraits de Duras, *l'Amant* et *l'Amant de la Chine du Nord*, des textes que j'ai choisis moi-même, comme une offrande, pour lui dire au revoir. Puisqu'il part après-demain. « Il continuait à raconter. Sa mère à lui était morte, il était enfant unique… »

25

Je marche jusqu'à un endroit
où l'eau ne coule plus

Je marche, je marche tout le vendredi, d'un lieu à l'autre, je porte mon corps qui n'en peut plus de cette semaine sans sommeil et son corps désormais en poussière, je vais d'une rive à l'autre de la ville, j'escamote les trottoirs, je marche sur la chaussée, je prends les couloirs de bus, je cours, j'entends derrière moi ces grosses machines qui pilent, qui klaxonnent, je m'écarte pour laisser passer l'animal, je sens le long de ma nuque le souffle des injures, je fraye ma pauvre route entre les voitures et encore les voitures, je bois les gaz, les échappements, les oxydes, le carbone, j'ai l'habitude à Fushun, j'infiltre les embouteillages sur les quais, sur les grands axes de Paris, je m'égare, à droite, à gauche, telle file, telle autre, piéton, voiture, taxi, corbillard, boulevard Saint-Marcel, la tête va d'un angle à l'autre, tout peut me renverser, à n'importe quel instant, de n'importe quel côté.

Je marche vers ce studio d'enregistrement, puis pendant une heure ne marche plus, c'est une caméra qui marche à ma place, moteur dans l'oreille et projecteur dans la face, on me filme, j'entends une voix monotone lire un texte en français, je suis le petit héros, très secondaire, d'un film sur un sujet que je ne connais pas, l'histoire d'une femme qui a écrit et a aimé l'Asie.

Je marche, en innocent, les mains pleines, je n'ai pas voulu laisser à Belleville l'urne que je viens de récupérer, je n'ai pas souhaité que maman revienne, même ainsi, dans cette maison maudite, je n'ai pas eu confiance dans ces Dongbei, je ne me voyais pas laisser l'urne avec l'odeur acidulée du bouillon d'œufs et de chou, alors je l'ai prise avec moi, et c'est lourd, une urne, même petite, même bourrée de poussières de mère, dès lors qu'elle est en jade, elle ne pouvait être qu'en jade, le modèle le plus cher, mais le plus au goût de Li Mei. J'ai l'urne sur le côté gauche, posée sur le cœur, maman en poudre, je lui fais faire un tour d'honneur en ville, une dernière balade en compagnie de mon oiseau, côté droit, cela va de soi, mon beau guêpier d'Europe qui veut lui aussi visiter Paris une dernière fois avant de s'essayer à la Chine, à Fushun, au bon air pollué de Fushun. J'ai renoncé à avoir mal au bras ou à porter la bandoulière. L'urne et la cage, voilà mon chargement, pendant la matinée, je pose l'une et l'autre, je ne les quitte pas des yeux, je suis habité par la peur, je m'arrête prendre un thé dans un bar, à un comptoir, je vais au studio d'enregistrement, je passe chez Anne, épuisée comme je le suis, je lui présente maman dans l'urne, elle frissonne, je laisse la cage à ses côtés, puis nous allons, dans sa chambre, faire l'amour, une fois encore, je sais bien que ce sera la dernière.

Et puis, après, après le déjeuner, je vais à la Préfecture de Police.

Là, j'ai rendez-vous avec Thomas, il m'attend devant l'entrée, la main chargée des grains du mala, c'est lui qui a fixé le rendez-vous avec l'inspecteur qui détient les effets personnels de maman. Le policier sait que je pars demain, que l'enquête est bouclée, classée, qu'il n'y a plus rien à dire, que maman est rentrée sur le territoire français sans papiers, il y a cinq ans, que c'est un délit dans ce pays où comme en Chine, le papier compte tant, comme la loi, comme le poème, comme l'acte, comme le serment, que dure est la loi qui désigne le chemin du retour, qu'un corps clandestin mais vivant est entré en France et qu'une urne froide en jade chargée de cendres grises va en sortir, qu'entre-temps une femme a vécu, comme elle a pu, puis qu'elle est morte. Cette urne, la voilà, et je l'exhibe devant l'inspecteur, par-dessus son bureau ! J'aurais bien aimé qu'il me présente les excuses de son pays, de son gouvernement, mais il m'a dit qu'il n'en avait ni le mandat, ni l'autorité, qu'il était cependant sincèrement désolé.

Il va chercher derrière lui un grand sac, un emballage en plastique transparent, de la taille d'une grosse bonbonne, il me dit, voilà, c'est bon, on vous rend les effets de votre maman, tout ce qu'on a saisi chez elle pour mener l'enquête qui a conclu à l'accident, on vous rend tout, signez ce papier. Maman a donc désormais ses papiers... Je signe, Thomas est derrière moi, il se propose de porter le sac, nous partons, saluant l'officier de police qui nous regarde à peine, nous nous retrouvons dans la rue avec tout ce fatras, Thomas propose qu'on prenne un taxi, je dis non, on fera tout à pied, on va marcher encore une heure, chargés comme des baudets, avec nos baluchons, nos sacs de mémoire et d'épouvante, mais je fais une concession, je veux bien qu'on aille déposer tout cela chez Thomas plutôt que chez moi.

Je n'aurais pas dû.

Arrivé chez lui, je découvre dans le sac des vêtements, une paire de chaussures, des affaires de toilette, du bon parfum en quantité, du maquillage, deux boîtes de préservatifs, des bijoux assez simples mais jolis, deux livres en chinois, un plan de Paris, une grammaire française pour débutants, un livre d'exercices, une méthode d'apprentissage rapide du français courant.

Il y a le fameux bracelet de jade que j'espérais retrouver et dont j'ai aussitôt enserré mon poignet.

Il y a aussi une grosse boîte cartonnée avec à l'intérieur des photographies et des papiers.

Il y a des photos de moi, d'avant, d'avant mes seize ans, puis des photos d'après, et une quarantaine de lettres que j'ai envoyées à Li Mei ces dernières années.

Il y a aussi toute une série de photos de Thomas, de Thomas Schwartz tout seul, ou de Thomas avec maman qui sourit, avec maman qui lui tient la main, avec maman qui se pend à son cou, avec maman la tête sur son épaule.

Il y aura un jour ce livre, *le Voyage du fils*, signé

de Thomas Schwartz qui racontera comment il a tout quitté, sa vie d'homme marié, son appartement, pour retrouver sa liberté. Il dira cette rencontre dans un cours d'alphabétisation à Belleville, une Chinoise sans papiers avec laquelle il a eu une histoire, une histoire d'amour étrange, parce qu'ils ne parlaient pas la même langue, une histoire qui n'était pas simple de toute manière. Le livre racontera la vie de Li Mei en France avant qu'elle ne rencontre Thomas, ce qu'elle a enduré, souffert, l'argent qu'elle devait rembourser, comment elle s'y est prise, quelles humiliations, quelles blessures. Comment elle parlait de Fan Wen Dong, son fils, de leur séparation. Il expliquera pourquoi une fois divorcée, Li Mei s'est inscrite dans une agence matrimoniale de Belleville pour obtenir des papiers. Thomas, qui venait également de se séparer de sa femme, lui avait dit qu'il voulait garder sa liberté, celle de l'écrivain. Le livre dira peut-être que l'histoire a un peu traîné, personne n'ayant répondu à l'annonce et voilà comment, désespérée de tout, un jour que la police venait faire un contrôle qui ne la concernait pas, Li Mei a paniqué et sauté par la fenêtre.

Il racontera pourquoi Thomas, ayant perdu Li Mei, a voulu que son fils dont il avait si souvent entendu parler vienne, de Chine, la chercher à

Paris. Comment Thomas Schwartz et Fan Wen Dong sont devenus amis, et presque père et fils. Il montrera à tous les souffrances des exilés, de ceux qui n'ont rien fait de mal mais qu'on traque, et dira, je l'espère, comment un monde sans solidarité, comment un monde sans humanité, un monde sans fraternité ou paternité est un monde d'attardés, un monde dépassé.

26

Sans fin, les nuits d'automne
sont longues

J'ai décidé de ne pas dormir, cette fois encore, pour la cinquième et dernière nuit, et comme je sais que je ne verrai certainement pas Wen Dong, ce vendredi soir, puisqu'il n'est toujours pas venu, et que je ne veux pas l'attendre tout en l'attendant, je suis allée acheter un paquet de Chesterfield, quelques bouteilles de champagne et chez MK2, *A l'ouest des rails*, un film chinois en quatre épisodes de Wang Bing, qui dure au total neuf heures d'affilée et dont Malika m'a parlé. Avec ça, me dis-je, je vais rester éveillée ; s'il arrive, je me serai habituée au mandarin et aux images de son pays, et s'il ne vient pas, j'aurai passé la nuit avec lui, avec son monde et je ne m'angoisserai pas, je resterai tranquille, je ne prendrai pas de médicaments, je fumerai moins de cigarettes.

Je dois m'habituer à son absence, à son départ, je dois m'y faire, en espérant que l'essentiel a été dit, au creux de moi-même. Il m'a dit, en français, en passant tout à l'heure, *demain*. Il m'a dit « demain » en faisant avec les bras déployés les gestes d'un avion qui décolle. Il n'a plus mal au bras, m'a-t-il semblé, l'hématome est résorbé, même si sa peau est devenue bleue, bleue et jaune. Il m'a dit qu'il partait demain. J'ouvre une bouteille de champagne, je commande quelques plats chinois plutôt rares avec des noms à faire rêver : légumes de longévité, poisson joyeux, mousse aux kumquats, lait soja rouge, carpe d'amour à la vapeur et beignets d'huîtres agglutinées, et je me jette, comme à mon habitude, dans le grand sofa.

Le film se passe dans la province de Wen Dong, dans la capitale, la grande ville de Shenyang, non loin de Fushun, il doit bien connaître ces paysages dévastés, ce gigantesque complexe industriel de Tie Xi, né quand la Mandchourie était japonaise, industrialisée à outrance par les Soviétiques, plus d'un million d'ouvriers dans les années 80, avant de commencer une longue descente aux enfers, une agonie assurée ces dernières années. J'ai compris que Wen Dong était au chômage, comme son père, comme l'avait été Li Mei, probablement victimes tous les trois de ce fatal effondrement.

Je commence à regarder le film à dix heures du soir. *Rouille I* dure plus de deux heures. Il n'y a pas de commentaires, juste des ouvriers qui expliquent la vie dans les fonderies, l'attente des matières premières qui n'arrivent plus, il n'y a pas d'autres mots, et puis des travellings à n'en plus finir, des usines à perte de vue, des bâtiments industriels, des trains, des forges. J'ouvre une deuxième bouteille à minuit et demi, je remets du bois dans la cheminée en me projetant *Rouille II* qui dure aussi longtemps et pendant lequel je me dis, sans l'espérer, que Wen Dong passera peut-être. Les monuments industriels s'effondrent peu à peu, les ferrailles se font inexorablement poussière. Il n'est pas venu. Vers trois heures, en terminant la deuxième bouteille, je commence à regarder *Vestiges*, encore plus long d'une heure, ce qui laisse à Wen Dong le temps d'arriver. Je me suis complètement abandonnée à cette lumière déclinante, à ce temps qui s'écoule, au rythme de la destruction, je me suis abandonnée également à l'absence de Wen Dong. A l'aube, je me mets à visionner le dernier film, *Rails*, toujours couchée dans mon sofa, franchement ivre, et j'ai le sentiment d'une incroyable légèreté, malgré les crampes dans ce ventre dont je me dis qu'il est porteur d'un enfant, et la certitude que le père ne viendra pas. A huit heures et demie, les yeux embrumés, je m'endors sur la dernière image de Tie Xi, sur ce rêve hideux et désormais évanoui.

27

C'est ainsi que nos destins diffèrent

« Je me suis dit qu'on écrivait toujours sur le corps mort du monde et, de même, sur le corps mort de l'amour », j'ai trouvé cela chez Marguerite Duras, cette phrase m'a obsédée, ce fut ainsi quand mon mari est parti, il faut s'y faire, à cette mort, à ce qu'il y a de créatif, de riche dans la disparition, dans le manque, à la manière dont on rebondit, dont on se stimule, dont on ne hait point, soi d'abord puis l'autre, celui qui abandonne. Et c'est ainsi qu'on se construit, peu à peu, pièce après pièce, à partir de ce corps mort de l'amour. Au matin de cette cinquième nuit sans sommeil, le bon nombre pour Bouddha, il ne me reste plus aucun espoir de voir Wen Dong, de l'embrasser, de le déshabiller délicatement pour ne pas froisser son bras, de caresser sa peau magnifique, ce ventre musclé de la jeunesse, de sentir son corps dans le mien, d'entendre son râle, de lui offrir mes gémissements. La récréation de l'amour et du plaisir est terminée, comme cette semaine l'est, commencée un lundi soir, près de la tour Eiffel, comme mon film va l'être, comme tout trouve une fin et annonce un nouveau cycle ; Wen Dong va partir dans l'après-midi de ce samedi pour Pékin, j'ai compris qu'on l'accompagnerait en voiture à l'aéroport, qu'avec l'urne, il y aurait des formulaires à remplir, des procédures à respecter, et qu'il serait assisté. Je ne doute pas qu'il y aura également des journalistes, des photographes ou des cameramen et que de toute manière, libres ou pas de nos mouvements, de nos sentiments, cela ne nous ferait aucun bien de nous dire au revoir devant un poste frontière.

J'allume une cigarette, si je pouvais, dans mon désarroi, j'en fumerais deux à la fois, je me dis que si je suis bien enceinte, il faudra que j'arrête tout de suite le tabac et le champagne, je parcours les murs de ma bibliothèque, je brosse les étagères, du regard, du plat de la main, je ne sais plus si je lis les tranches et les titres ou si j'époussette un corpus de littérature mondiale, tous les livres que m'a laissés mon mari, dans notre appartement, je ne pense qu'à Wen Dong, à ses derniers faits et gestes, au studio bourré de cafards du boulevard de Belleville qu'il est en train de quitter, avec cette épouvantable odeur de soupe réchauffée, cette couchette de fortune, cette porte maudite du 41, ce trottoir, ce magasin désormais sans store, je vérifie l'heure de son vol, sur Air France, dix-huit heures cinquante-cinq, vol maintenu malgré un préavis de grève du personnel au sol, je m'en inquiète en appelant la compagnie, j'aurais tant voulu préparer sa valise, l'aider, plier son costume blanc de deuil, je me demande s'il va porter, une fois encore, son survêtement bleu pétrole avec ses baskets noires, je l'imagine, avec dans une main l'urne de jade, les précieuses cendres de Li Mei, la seule bonne raison de son expédition à Paris, dans l'autre, la cage de bois du guêpier d'Europe qui fait *prriitt, prriitt* à la barbe de tous les douaniers qu'il croise, et derrière, il faut l'espérer, quelqu'un qui l'aide à prendre son sac, j'imagine cet attelage, sans oublier la boîte à mouches et à vers de farine, se faufilant devant le guichet d'embarquement, à la douane, à travers les contrôles de sécurité, dans les salons d'attente, puis dans l'avion, je pouffe, je pleure, puis je ris de nouveau de cette image, tendre et belle à la fois, de Wen Dong, mon héros de Fushun, fils et amant exemplaire, père putatif.

Je me fais du café, pour ne pas flancher en cours de journée, un peu trop, pour ne pas être triste ou simplement mélancolique, je sens mon cœur battre, je mets ma main sur mon ventre, rien ne s'y passe, ni ne le traverse, ni ne semble l'habiter, c'est normal, au demeurant, c'est trop tôt, bien entendu, j'appelle Malika qui me dit que les plans de Wen Dong sont très réussis, la voix off également avec les textes de Duras, qu'on en gardera une petite minute, que l'idée est plutôt bonne et nourrit le documentaire en charge poétique. Et Malika ajoute, en riant, que j'ai très bon goût, que mon amant chinois est magnifique, étonnamment grand, très séduisant, qu'elle révise donc son jugement sur les hommes asiatiques.

Je visionne une fois encore le documentaire quasi achevé, pour me rassurer, je ne vois plus rien de son déroulement, à dire vrai, tout me paraît lisse, il ne manque plus que Wen Dong et le générique et ce sera bouclé, il faudra maintenant que je pense à un autre sujet pour cette chaîne ou une autre. En Chine, tourner des portraits d'intellectuels par exemple, au moment des Jeux olympiques, sauf qu'en août 2008, ce sera certainement impossible, si comme je le crois, comme je le veux et comme je le sens, j'accouche d'un enfant, j'aurais vraiment autre chose à faire que m'embarrasser d'une caméra, au huitième mois de ma grossesse. C'est bien la première fois de ma vie que je spécule ainsi, que j'envisage mon futur, à presque quarante ans, c'est mérité, je trouve, de croire à l'avenir, de devoir s'y conformer, d'avoir rendez-vous avec un calendrier biologique, je me rends compte que cela occupe vraiment bien, cela oblige à avancer, cela oblige tout simplement. Penser à six mois, un an, pour moi qui n'ai jamais eu d'autre agenda que celui des films à proposer, à produire, à tourner, à monter puis à vendre aux critiques. Se dire qu'on ne sera pas libre, et plus encore, qu'on ne sera plus seul, c'est incroyable tout de même, c'est miraculeux, surtout quand ça sort de soi. Imaginer que l'on doit probablement cela à un homme avec qui on n'a pas échangé une parole, et se persuader que cet homme va vous manquer, que ce ne sont pas les conversations, les répliques, les dialogues qui vont faire défaut, mais quelque frontière entre le possible et l'impossible, le vécu et l'imagination, entre le familier et l'étranger, qui pour moi définit exactement la zone de l'amour, cet étrange espace que j'ai cru découvrir au début de ma relation avec mon mari et qui s'est détérioré, malgré nous. Je me rends compte à quel point ce mariage de dix ans m'a marquée, combien je suis encore attachée à lui, et que probablement, je le resterai toute ma vie, combien j'aurais aimé avoir un enfant de lui. Je n'ai guère eu de nouvelles, ces derniers mois, je sais qu'il écrit toujours, il s'est vraiment retiré du monde ou des mondanités, j'imagine ce qu'il a ressenti quand il a reçu les résultats du laboratoire, quand il a lu « azoospermie », sur ces papiers que je lui ai renvoyés en recollant soigneusement l'enveloppe, j'imagine sa tristesse, son désespoir.

J'ai envie de l'appeler, cela fait longtemps, j'ai presque envie de lui parler de l'enfant, envie de savoir où il en est, dans sa vie, s'il a toujours cette liaison avec cette femme, dont je n'ai jamais rien voulu savoir. J'appelle, je tombe sur son répondeur, sa voix, si suave, inchangée, comme à chaque fois, la voix de mon mari, je l'appelle encore ainsi, ça me fait mal, ça me donne envie de pleurer, je raccroche sans laisser de message.

La matinée passe vite, très vite, au fur et à mesure, je me sens désemparée, complètement désemparée, seule au monde, personne n'est là, ni mon écrivain, ni Wen Dong, je me trouve folle d'imaginer ou d'espérer être enceinte, pourquoi ai-je cette certitude, bien que ce soit la bonne période pour ovuler et que j'en aie très envie, je me dis que je me suis inventé toute cette histoire, qu'il n'y a eu, entre Wen Dong et moi, que du sexe, sans sous-titre et sans parole. Qu'un accident de voiture, grotesque, mon imagination au galop, un malentendu total lié à l'absence de langage, et lui, complètement perdu dans cette ville, abusé par moi, et par son oiseau fou. Je me sens soudainement vide, dans mon ventre, dans ma tête, dans cet appartement avec ces livres qui m'étouffent depuis des années, ces références, cette culture, signée, écrite, pensée par d'autres, ce décor de mots imposé par mon mari, tous ces chiffons de papier aux murs de ma bibliothèque, je me dis que je vis, par la littérature, dans une substitution permanente, comme je vis, grâce au cinéma, l'image, la fiction ou le documentaire, dans le phantasme, la projection. Qu'il faut arrêter, que je vais mourir à ce régime, pas même mère-célibataire, mère d'un petit enfant eurasien, que je vais mourir folle, que je suis folle, déjà, que j'ai besoin d'une main, d'un regard, de la parole de quelqu'un pour me guérir de moi-même.

Alors, je jette un manteau sur mes épaules, en consultant ma montre, je descends quatre à quatre les escaliers, je prends l'Audi et je fonce vers Roissy. Je calcule de nouveau les horaires, son avion part aux alentours de dix-neuf heures, j'imagine qu'il passera la douane, deux ou trois bonnes heures avant, avec l'urne, la cage et les bagages, il me faut donc arriver avant seize heures pour l'apercevoir une dernière fois, me figurer que la vie n'est pas un songe, que Fan Wen Dong n'est pas un mirage. Je n'ai aucun autre moyen de le joindre, pas de portable et quand bien même, aucun mot sur la langue pour lui dire de m'attendre, que j'ai besoin de lui, de le voir, de le toucher une dernière fois, avant qu'il ne meure pour moi, avant que je ne retourne à cette solitude qui est la mienne depuis le départ de mon mari.

Je brûle un feu, je manque d'écraser un homme sur un passage clouté, décidément c'est ma semaine, un instant cette idée me fait sourire, j'imagine l'éternel recommencement, une nouvelle histoire, encore un accidenté, l'hôpital, moi dans le rôle de l'infirmière, puis le désir, les soins et l'abandon pour finir, je double toutes les voitures que je peux, j'emprunte les couloirs de bus, mais nous sommes samedi, c'est long, les gens qui font les courses, la ville embouteillée, long avant de gagner l'aéroport, je creuse l'asphalte de l'autoroute à cent quarante à l'heure et je trouve une place dans le parking de Roissy, à seize heures pile. Dix minutes plus tard, je suis devant le comptoir d'enregistrement d'Air France, destination Pékin, vol AF 126. Wen Dong vient de récupérer sa carte d'embarquement, un départ compliqué me dit l'hôtesse d'Air France en me désignant un petit attroupement, là-bas au fond, devant l'entrée de la porte d'embarquement, avant d'ajouter qu'il est sans doute trop tard, que M. Fan Wen Dong a dû passer le portail électronique. Je m'approche, elle a raison hélas, il y a des caméras, des perches, un peu partout, des techniciens qui remballent leur matériel et qui masquent la scène, un photographe qui se plaint d'avoir manqué l'urne dans un bras et la cage dans l'autre, ça aurait été parlant, un cliché pour le *Journal du Dimanche*, la une peut-être. Une cage, un oiseau plus une urne en jade, c'est beaucoup pour les douanes françaises comme pour toutes les douanes du monde, il faut vraiment ne jamais voyager pour croire qu'on peut se déplacer avec un oiseau pas déclaré en ces temps de grippe aviaire, j'aurais dû proposer à Wen Dong de garder le bee-eater à la maison, ça aurait fait une compagnie pour le bébé, et pour moi un souvenir vivant et coloré de lui. Mais rien n'est perdu, je peux encore garder l'oiseau rue de Fleurus, même si évidemment, ça m'a fait un choc, un terrible choc de voir, là devant moi, la silhouette de Thomas Schwartz, mon ex-mari, souriant et embarrassé tout de même, avec le guêpier d'Europe et sa cage, dans une main, et dans l'autre la petite boîte noire des mouches mortes de Fan Wen Dong.

TABLE

Olivier Poivre d'Arvor
dans Le Livre de Poche

EN COLLABORATION AVEC PATRICK POIVRE D'ARVOR

Courriers de nuit   n° 30679

Saint-Exupéry, Mermoz, Guillaumet et tant d'autres…
Intrépides fauchés en pleine jeunesse, leurs noms sont gravés dans nos chimères d'aventures. À l'assaut du ciel sous
toutes les latitudes, ces pionniers de l'Aéropostale ont fait
découvrir à des générations les terres mythiques de Cap-
Juby, Villa Cisneros, Saint-Louis, Natal… Ils ont balisé la
Ligne, passerelle virtuelle entre les êtres et les continents.
Olivier et Patrick Poivre d'Arvor ont écrit à quatre mains
ce magnifique roman d'« aventures vécues ». Soudés par
leurs souvenirs et leurs rêves d'enfance, ils nous font partager la vie tumultueuse de ces êtres d'exception. Un vibrant
hommage aux premiers héros de l'aviation.

La Fin du monde   n° 14890

Et si le millénaire s'ouvrait sur un formidable raz-de-marée
médiatique, balayant définitivement la galaxie Gutenberg ?
Un éditeur qui collectionne à prix d'or les prix Nobel sur son
catalogue. Un séduisant industriel du loisir lançant le *fast-
book*, qui s'autodétruit au bout de 80 jours. Une journaliste-
star de la télévision américaine lancée sur ses traces… Tels
sont quelques ingrédients du cocktail explosif imaginé par
Patrick et Olivier Poivre d'Arvor. Cette satire féroce et
joyeuse du monde médiatique, à situer dans la lignée du

Bûcher des vanités de Tom Wolfe, se lit comme un polar anglo-saxon. Mais, par-delà les savoureux portraits de personnalités littéraires et politiques, où l'on n'aura pas de peine à reconnaître des figures réelles, le lecteur se posera peut-être quelques questions essentielles sur la toute-puissance des images et le risque de disparition de l'écrit et du livre.

Frères et sœur   n° 31557

À travers la recherche de leur sœur, Olivier et Patrick Poivre d'Arvor décrivent une relation fraternelle complexe, parfois difficile, mais vibrante de beauté et de délicatesse. Chaque chapitre, donnant successivement la parole à l'un et à l'autre, retrace une quête au long cours, prétexte à redécouvrir des liens qui dépassent les différences. Espoirs et songes d'enfants, aïeux vrais ou rêvés, et surtout cette absente si présente dans leur cœur : ce sont autant de souvenirs, d'êtres et de voyages qui les unissent indéfectiblement. Un roman où deux styles, deux personnalités, deux voix résonnent et se répondent sans jamais se faire d'ombre. Dans une harmonie que seuls des frères pouvaient créer, ce retour aux sources, d'une tendresse et d'une poésie infinies, émeut par sa sincérité.

J'ai tant rêvé de toi   n° 31278

Mon existence durant, je m'en souviendrai. De ce voyage vers lui. De cette guérison à coups de serpe. Et de Prague qui tout le jour n'a su émerger de ses brumes, ni le ciel se délester de sa neige.

Pirates et corsaires   n° 30862

Robert Surcouf, Jean Bart, le chevalier Forbin, René Duguay-Trouin, les frères Barberousse, Jeanne de Belleville... Qu'ils fussent pirates ou corsaires du roi, vénitiens, français, turcs ou chinois, ils étaient le cauchemar de ceux qui partaient en mer. Courageux ou cruels, hommes ou femmes, ces personnages d'exception ont nourri nos songes d'aventures, de liberté et de sang. Après avoir traité des « découvreurs » dans *Rêveurs des mers*, Olivier et Patrick Poivre d'Arvor poursuivent leur série consacrée aux grands marins du monde. Ils nous entraînent de l'Antiquité au XIXe siècle, sur la trace de ce monde fascinant qui balance entre utopie et révolte.

Rêveurs des mers   n° 30783

Qui sont les *Rêveurs des mers* ? Des hommes hantés par l'ailleurs, dont les odyssées nous font encore vibrer. Qu'ils soient explorateurs, aventuriers, commerçants, géographes, illuminés, ils sillonnent les mers, au péril de leur vie. Repoussant les limites de l'univers connu, découvrant des continents, établissant des comptoirs ou des colonies, Marco Polo, Christophe Colomb, Vasco de Gama, Magellan ou encore Jacques Cartier sont pour nous tous des héros familiers. C'est la fabuleuse épopée de ces découvreurs que nous racontent Olivier et Patrick Poivre d'Arvor, amoureux de bateaux et de haute mer.

Du même auteur :

APOLOGIE DU MARIAGE, La Table Ronde, 1981.

FLÈCHES. LE MARTYRE DE SAINT SÉBASTIEN, La Table Ronde, 1982.

FIASCO, Balland, 1984.

LES DIEUX DU JOUR. ESSAI SUR QUELQUES MYTHOLOGIES CONTEMPORAINES, Denoël, 1985.

CÔTÉ COUR, CÔTÉ CŒUR, Balland, 1986.

VICTOR OU L'AMÉRIQUE, Lattès, 1989.

LES PETITES ANTILLES DE PRAGUE, Lattès, 1994.

LE CLUB DES MOMIES, Grasset, 1996.

ALEXANDRIE BAZAR, Mengès, 2009.

En collaboration avec Patrick Poivre d'Arvor :

LA FIN DU MONDE, Albin Michel, 1998.

FRÈRES ET SŒUR, Balland, 2004, Fayard, 2007.

COURRIERS DE NUIT. LA LÉGENDE DE MERMOZ ET DE SAINT-EXPÉRY, Mengès, 2004.

LE MONDE SELON JULES VERNE, Mengès, 2005.

LES AVENTURIERS DU CIEL, Albin Michel Jeunesse, 2005.

COUREURS DES MERS. LES DÉCOUVREURS, Place des Victoires, 2005.

PIRATES & CORSAIRES, Place des Victoires, 2005.

CHASSEURS DE TRÉSORS ET AUTRES FLIBUSTIERS, Place des Victoires, 2005.

LES AVENTURIERS DES MERS, Albin Michel Jeunesse, 2006.

DISPARAÎTRE, Gallimard, 2006.

LAWRENCE D'ARABIE. LA QUÊTE DU DÉSERT, Place des Victoires, 2006.

J'AI TANT RÊVÉ DE TOI, Albin Michel, 2007.

SOLITAIRES DE L'EXTRÊME, Place des Victoires, 2007.

LE MYSTÈRE DES PIRATES, Albin Michel Jeunesse, 2009.